COLLECTION FOLIO

Henri Vincenot

Le Livre de raison de Glaude Bourguignon

Denoël/Éditions de l'Armançon

PRÉFACE

Primum vivere...

Dans la concentration studieuse que nécessitent l'inventaire et le classement d'une production littéraire importante, mon attention fut soudain divertie par ces deux mots latins mis en épigraphe au manuscrit de l'ouvrage que voici.

J'ai d'abord été surprise : comme tout lecteur le sait, Henri Vincenot, celtophile, celtomane, et celte avant tout, a toujours résisté à l'occupation romaine. Surprise puis émue – « Vivre, d'abord » : dans la lancinante nostalgie de l'Absence, l'adage latin m'a paru animé d'une flamme particulière.

Alors j'ai lu et ce manuscrit écrit en 1942 par un homme de trente ans m'a séduite d'emblée. D'abord je revoyais là – par la grâce de l'écriture – notre petite enfance, joyeuse, tranquille, belle rêverie perpétuelle auprès de parents jeunes, gais et aimants, diablement enthousiastes, aussi, malgré la surdité de mon frère aîné récemment découverte, malgré la guerre, l'Occupation, les bombardements et les fuites précipitées dans les abris, malgré, enfin, l'arrestation de mon père par les Allemands.

Ce texte est, par excellence, une œuvre de résistance : résistance au malheur, résistance confiante et optimiste à la Colas Breugnon.

Et dans cette entreprise difficile de réaction contre la tristesse, la jérémiade, la grisaille, dans ce parti délibéré de se persuader qu'« à quelque chose malheur est bon », le héros a le bonheur d'avoir à ses côtés une complice parfaite et qui ressemble étrangement à ma mère.

A sa façon, Glaude Bourguignon chante un hymne à cette femme d'exception, à la fois grave et joviale, généreuse jusqu'au don total, et qui incarne l'opulence de la vie même, chair et cœur et âme. La « maîtresse », à tous les sens du terme, la « patronne », la « mâtrosse » comme on dit en Bourgogne, se retrouvent là sous les traits de l'épouse à la rude et chaude tendresse, toujours rieuse, toujours indulgente et inconditionnellement admirative.

Hymne aussi à la vertu sensuelle, ou à la sensualité vertueuse, à la fidélité dans la joie, valeur essentielle dans l'éthique d'Henri Vincenot.

Hymne enfin, à travers le personnage de

Jérôme, à mon grand-père maternel, originaire de la Bourgogne des vins, grand rêveur vivant dans la sympathie de la vigne, philosophe sachant au vin reconnaître sa force d'univers, et avec lequel mon père entretenait des rapports privilégiés de complicité, d'affection et d'estime réciproque.

... « C'est bon Dieu vrai », avec tous ces gens-là, que de pintes de rire dans notre enfance...

La découverte de la civilisation du vin et de ses prêtres, si séduisante pour un garçon de l'Auxois, n'est pas étrangère à cette entreprise de résistance au malheur; clle permet d'accéder, par-delà les chagrins des hommes, à une vision totalisante du monde : le vin est bien le « fils de la vieille terre et du jeune soleil ».

La sculpture, elle aussi, participe à ce grand ouvrage de réaction en procurant à l'artiste les joies de la vigueur manifestée. Glaude Bourguignon, sculpteur imagier, se fait le porte-parole de l'auteur pour chanter les louanges de cette lutte avec la matière qu'est la sculpture, autre passion d'Henri Vincenot, méconnue celle-là, et qu'il appelle ailleurs « mon beau métier clandestin »... « fait de lumière et de patience ». (*Stances à la sculpture.*)

... La bouche parle de l'abondance du cœur mais il m'est difficile, à la lecture d'un tel manuscrit, de ne pas céder aux rêveries d'enfance, aux rêveries qui m'ont ouvert le monde...

Cependant, malgré tous ces souvenirs se dressant dans les brumes de ma mémoire, ce manuscrit-là n'est pas vraiment une autobiographie. Ce n'est pas un roman non plus, mais plutôt une digression alerte, joyeuse, gouleyante comme un vin blanc de Meursault, à partir de faits exacts? inexacts? Qu'importe... Pour moi, la Vie est là, derrière les mots, primordiale et lumineuse, exultant à tout bout de ligne en une truculente gaieté. C'est bien là œuvre de poète qui, en livrant une bulle de notre enfance, a ravivé en moi, par ses images, la nostalgie du paradis perdu...

Craignant alors de trop accorder à l'idéalisation des souvenirs, de trop écouter les « cantiques d'illusion » de cette fameuse mémoire affective qui ignore les dates mais sait les parfums, les voix, les tendresses, j'ai demandé l'avis de Gérard Gautier, lui qui, depuis *Le Pape des escargots*, a toujours accompagné mon père avec amitié et vigilance sur les chemins de l'édition... jusqu'au plateau d'« Apostrophes ».

Il fut séduit, à son tour, par l'aisance tranquille d'un texte très peu raturé, par la libre gaieté gauloise de l'écriture et par le nouvel éclairage qu'il peut apporter à l'œuvre.

Pour toutes ces raisons, voici donc *Le Livre de raison de Glaude Bourguignon*, élément nécessaire à l'étude de la genèse des idées et de l'évolution du style d'Henri Vincenot. Mais, c'est avant tout un « livre qui rit de la vie parce qu'il la trouve bonne et qu'il se porte bien » (Romain Rolland).

CLAUDINE VINCENOT-GUIHÉNEUF

Primum vivere

Première partie

Chapitre 1

Les pauvres gens qui n'ont que leurs chagrins à se mettre sous la dent!

Les bonnes natures se perdent et disparaissent. Chacun, maintenant, glisse à la tristesse commune, ou à la sottise, et pleure comme le voisin par conformisme, pour se donner la comédie de la jérémiade.

Ces grimaces sont-elles sincères, profondes, ou simplement collées comme des masques sur la figure de leur égoïsme? Je ne le sais point. Ce que je sais, c'est que la température baisse, baisse à ce jeu et que la lumière se grisaille, se salit, se barbouille à tel point qu'on ne verra bientôt plus que les faces blafardes, cafardes, pleurardes, chouignardes de mes contemporains transis.

Pourtant, pour nos tempéraments de Bourguignons salés, chaque misère recèle sa noix de joie et lorsqu'on est à deux doigts des larmes, un mouvement du sang vous pousse subitement à éclater de rire parce que au même instant une bonne vigne, bien établie sur la fesse de la colline, mûrit ses raisins et ses pêches et vous promet, outre le bon vin acide et clair, une bonne partie de vendange avec votre femme, charnue et brunette, et vos marmots, embarbouillés de grappes.

Ce rire qu'on tire de la peine, c'est le vin qu'on tire de cette charogne de terre en pente, trop dure en ses cailloux, trop rôtie sur ses éboulis. Ce rire est peut-être aussi le sang du cru qui, corsé de celui de toutes les invasions des Goths, Wisigoths, Ostrogoths et autres Dingoths, vous chatouille à fleur de peau et fleurit, venu des quatre coins du monde comme une fleur dans un pot.

Car il ne faut pas faire le fiérot. La grand-mère Bourgogne, l'aïeule, du temps où elle sortait de la forêt gauloise, fut roulée et aimée par tous les soldats de toutes les expéditions et les conquérants, à en juger par la diversité et la cocasserie de nos faces, ont dû s'en donner, avec elle, à cœur joie. N'en ayons pas honte. C'est peut-être à ces multiples et insatiables grands-pères que nous devons, dans la famille et dans celle de ma femme, cette insolence, cette ardeur à ripailler, cette facilité à rire de tout, ce besoin de faire nique au caporal et cette indulgence un peu coupable qui scandalise les gens bien-pensants.

Moi, peu me chaut que le sang qui se promène dans mes veines soit un coupage s'il a du degré et du bouquet. En somme, c'est mon accommodante aïeule qui, en couchant avec Germains et Romains, a réalisé dans son corps piquant la suture entre les deux tendances. Où triomphe l'Amour, la diplomatie se casse la figure. Honneur à ma grand-mère! Aujourd'hui encore un nouveau mélange de sang s'accomplit sous mes yeux égrillards et je rigole d'entendre les contemporains qui, ayant perdu tout leur brutal bon sens, n'ont pas de périphrase assez ordurière empruntée au vocabulaire de la basse-cour pour blâmer les fillettes qui acceptent l'hommage des troupes d'occupants. Pour moi, étant à égale distance du Romain et du Germain, du Hun et du Celte, je juge la chose avec une singulière bonhomie, d'autant que ma fille est encore trop jeune pour jeter le désarroi dans une troupe d'hommes en armes. Quant à ma femme, elle me semble suffisamment protégée par le fait qu'elle reçoit avec joie les manifestations de mon culte que de son côté elle avive avec délectation.

Ne sortant pas, pour l'instant, de ma province, je pensais que nos Bourguignonnes avaient simplement renoué les traditions de la race en accueillant dans leur alcôve des soldats portant uniforme étranger. Je m'imaginais bien bonnement que l'atavisme en était cause et que, du fond de leurs entrailles, montait ainsi le besoin d'enrichir encore le sang commun de ce nouvel apport.

Las mes frères! J'apprends que toutes les femmes de toutes les provinces de tous les États en font autant et que toutes les castes, même celles réputées les plus impénétrables, les plus jalouses de la pureté de leur hémoglobine, se montrent pareillement accueillantes et favorables aux mélanges sanguins!

Je tombe de haut et me voici contraint de réviser toutes mes conceptions qui ne sont qu'illusion et admettre que tous les hommes ne sont, à mon image, que des bâtards. Je chercherai donc ailleurs l'explication à la perversité de mes compatriotes et je devrai trouver d'autres raisons à cette tournure d'esprit qui me porte à extraire du mal le peu de bien qu'il comporte pour en rire, en rire à foison.

Peu importe d'ailleurs d'où me vient la truculence de mon rire. Je l'ai, je le garde comme un bien supérieurement précieux et je n'en use que là où il me plaît. C'est une bonne bouteille que je ne débouche que pour les amis, les vrais amis, ceux de mon poil. Car il est vrai, je l'avoue, qu'avec certains boute-misères ou certains ivrognes dépravés, je reste sur la réserve. A quoi bon sortir un bon vin pour le faire goûter à un quaker ou à un soûlard? Pour rire il faut des gosiers francs, qui ne soient étranglés ni par la timidité ni par le dérèglement. Je veux m'amuser aux dépens de ma misère mais point avec des timorés ni avec des abrutis d'alcool. Il me faut un genre de gens qui soient affranchis de tout esclavage.

Ma famille, j'entends celle que j'ai fondée, celle que j'ai choisie en choisissant ma femme, ma famille, dis-je, est le milieu où fleurissent mon sarcasme et ma gouaille. Contrairement à bien des hommes qui réservent leur esprit pour l'auberge et le magasin, en ne gardant que leur hargne pour leurs proches, je suis mordant et reprenant avec l'étranger, l'inconnu, le tout-venant, mais chez moi, aussitôt le pied sorti de la tiédeur du lit, le matin, voilà que la rigolade commence, même si un marmot, fatigué d'une bombance, demande le pot ou la cuvette. Je dis des bêtises, je plaisante de tout et ainsi jusqu'au soir, jusqu'au ronflement du sommeil, et encore ma femme, parfois, se réveille en sursaut, perdant le souffle, se met sur son large céans et finit de vider, endormie, son sac de rire qu'elle n'a pas eu le temps de liquider dans la journée. Je l'entends qui gargouille sa joie dans des borborygmes convulsifs, la bouche ouverte, l'œil clos, à bout de poumon, criant grâce à ne point savoir si elle se pâme ou si elle meurt.

Lorsqu'elle a fini, elle me dit : « Que tu es bête avec tes plaisanteries ! » Puis elle se pelotonne à nouveau, le giron dans mes fesses ou mes fesses dans son giron, sa main cherchant la mienne ; tout heureuse de ces contacts agréables, elle finit de glousser encore, avant de s'endormir à nouveau, de ce bon et solide sommeil des matrones qui troussent trois gamins, font lessive et cuisine, raccommodage et couture, sans parler du bonheur de leur mari, qui côtoie le leur propre.

Cependant, j'ai une figure de carême. Lorsque mon beau-père me vit, pour la première fois, un jour que ma rusée de femme avait ménagé cette entrevue, il ne trouva rien de mieux que de lui dire : « Je l'aime bien, mais qu'il est maigre ! On dirait une ficelle dans un faux col ! »

J'ai toujours été sec, comme tous ceux de l'Arrière-Côte, mais depuis que les guerres m'ont mobilisé, démobilisé, remobilisé, redémobilisé, réformé, rappelé (sous les drapeaux), depuis que la guerre a passé, repassé, sur nos terrains avant de s'en aller continuer ailleurs, j'ai parfait ma maigreur de deux salières bien placées, au creux du cou, d'un creux au centre de chaque joue et d'une cuvette sur la face de chaque fesse.

Pourtant, le rire n'y perd pas en grasseur et mon œil de tortue, bien bourguignon celui-là, regarde toutes choses avec un petit air de moquerie, bien qu'il paraisse marri, comme il convient en ces temps de disette.

Il faut dire, avant de vous conter ma déplorable histoire, que ma femme est, dans cette tranquille et éternelle satisfaction, pour une grande part. Du temps où je vivais chez mes parents j'étais plus gris, plus renfrogné, plus à l'étroit. Ce qui n'empêchait pas qu'on me venait chercher chaque fois que le moral s'en allait dans une société. On me traînait en carriole, en vélo, à pied, même en auto, dans des parties fines où, moi, pauvre bougre, j'étais perdu au milieu de belles demoiselles et de fins damoiseaux. Je comprenais alors que c'était de mon rire et non de ma qualité qu'on avait besoin, alors je te les entraînais dans une ronde de ma façon où les pierres les écorchaient un peu aux pieds, mais tout le monde se déclarait satisfait. Moi aussi, car mon ventre a de bons souvenirs, et Dieu sait qu'il est difficile à contenter !

Mais après ces réunions où l'on payait de bonne chère mes facéties, je rentrais dans un foyer paternel si doux, si gentil et las ! si calme, que je m'endormais un peu.

Ce que mon brave père faisait pour m'éteindre, ma femme le fait pour m'allumer. Jamais ronchon, jamais grognonne, toujours contente, elle m'a fait le terrain propice à mon tempérament. Chez mon père, j'étais une plante en bon état, bien soignée, bien émondée, mais qui ne fleurissait jamais – fleurir était folie. Depuis ma noce, je ne suis pas peigné à merveille et je pousse un peu comme je veux mais à chaque saison, à chaque jour, à chaque heure, je me couvre de fleurs ! On ne me retient pas.

Ainsi mon père m'empêchait d'écrire. Et ma muse sait si la main me démangeait!

Ma femme me pousse au contraire à prendre la plume et à coucher sur le papier le trop-plein de mon rêve que je n'ai pas le temps de lui dire, afin qu'elle puisse le lire en raccommodant les chaussettes. Lorsque j'ai mis sur pied une farce un peu drue et de mon goût, j'annonce à midi qu'il y aura, le soir, grande représentation et que lecture sera donnée de ma dernière œuvre.

Je passe mon après-midi à relire mes papiers, à préparer mes effets, car ma femme est un public exigeant. De son côté elle se met en avance dans son travail, couche les gosses dès potron-jaquet et parfois fait un saut chez mes beaux-parents pour prévenir ma belle-sœur dont la curiosité n'a d'égale que l'appétit.

Après le repas, on s'installe et je commence la lecture de mes écrits, pendant que ma femme écoute complaisamment en raccommodant mon caleçon et que ma belle-sœur, qui est montée pour m'honorer de sa présence, se dandine sur une chaise, les mains inactives, toute à ma prose.

La lecture de mes gaudrioles nous entraîne parfois au-delà de onze heures ou minuit et, comme il est trop tard pour renvoyer ma chère belle-sœur chez elle, on la couche avec mon dernier dans le grand lit-cage que j'ai acheté vingt-cinq francs au début de la guerre.

Ainsi, nous sommes six dans la même chambre, en quatre lits. Dans l'un, ma femme et moi, dans l'autre ma fille, dans l'autre le grand gamin, enfin dans le quatrième, la belle-sœur et mon petit dernier qui, gêné par les grosses cuisses, ne s'endort que difficilement. Mais la partie de rire continue, dans l'obscurité. Ardent à vouloir rattraper le sommeil perdu je tente de m'endormir, je ne dis rien, ou presque rien, mais mes femmes pouffent, chacune dans leur coin, leurs « hi hi! » se répondent, les gamins se réveillent, demandent le pot; on se promène alors à tâtons, en chemise, prenant le fauteuil pour la table de nuit, la fenêtre pour l'armoire à glace, je me heurte au corps de ma femme, qui, folle de rire, se promène au frais pour se calmer. Enfin, nous retrouvons nos couches et la fête continue.

Fils unique, je n'ai connu dans ma famille que le silence de ma chambre de jeune homme; cette atmosphère ne me convenait pas. J'avais beau tenter des pirouettes sur le lit, essayer des promenades sur les toits avoisinants, ma bonne humeur végétait comme un camélia dans la combe de Marsannay. Grâce à Dieu! Voilà sept ans passés que j'ai trouvé mon terrain, mon finage; du jour où j'ai pris dans mon lit celle que j'appelle ma femme, j'ai connu la prospérité. Qu'on en juge à mes fruits : sept ans de mariage trois enfants : six ans, quatre ans, deux ans et surtout le sourire aux lèvres et pas seulement aux lèvres mais au ventre, à la tête, le sourire partout, le sourire au corps!

Pourtant, bonnes gens, le malheur ne m'a pas épargné. J'ai trois beaux enfants, jolis comme des cœurs (vilain tronc, beaux rejetons, vieux matou, beaux minous) mais l'un d'eux, le cher ange, l'aîné, le plus tendre, le plus angélique, le pauvre petit est sourd-muet. Privé de toute la joie d'entendre et de dire, privé de tout ce qui fait ma joie en somme.

A qui en vouloir? Qu'en penser?

Des âmes dévotes et bien intentionnées me laissent discrètement à penser que c'est en punition de quelque méfait de ma jeunesse que je vois mon fils ainsi infirme. Nom d'un tonneau! Pourquoi alors ne pas m'avoir frappé moi-même de cécité ou de mutité? Quelle pénitence c'eût été pour moi de ne voir, ni n'entendre, ni parler? Il est vrai que j'aurais bien trouvé quelque accommodement, quelque fraude possible pour encore jouir. Mais frapper mon fils, c'est accabler un innocent, un faible! Au demeurant qu'ai-je fait, dans ma jeunesse toute proche, qui mérite pénitence?

Péché de la chair? Je sais bien que non, car, malgré le dérèglement de ma parole, j'ai toujours su contrôler mes sens, jusqu'à ce que je rencontre ma brunette d'épouse qui sut me combler, jusqu'à ce jour, à tel point que je n'ai même jamais pensé me parjurer.

Péché de la chère? Qu'on me coupe la langue, alors, et non celle de mon marmot aimé!

Péché de la paresse? Dame, voilà mon point faible. Paresse un peu spéciale, paresse laborieuse de l'homme quittant son gagne-pain pour suer sang et eau sur une jolie sculpture ou sur des pages écrites de sa main sous la dictée de sa folle d'imagination. Paresse de Bourguignon bâtard qui, sollicité par tous ces sangs de fainéants de soldats, qui furent ses ancêtres, se couche sur le versant ensoleillé de la friche pour rêver. Oui, paresse, je l'avoue, mais paresse rachetée je pense à certaines heures par des crises de labeur suant, soufflant, le labeur aimé que réclame une terre à certaines saisons seulement, laissant de longs moments de repos à l'homme.

Péché? Pénitence? Cela signifierait que la Force qui nous dirige aurait donc l'esprit de suite, de la rancune, la vengeance tenace, l'intelligence bien étroite, indices de faiblesse! Et tous mes bien-pensants de voir s'effondrer d'un coup l'édifice de leurs préjugés!...

Alors à qui en référer pour demander la guérison de mon petit? A cette force qui la lui octroie? C'est une injure à lui faire. Mieux que moi elle sait son métier.

À la médecine? Cette médecine que j'ai roulée et bafouée lors de mon service militaire en me faisant hospitaliser comme malade alors que j'étais sain? Cette médecine qui m'a renvoyé à la chambrée, vu et soigné, alors que j'étais moulu de fièvre et de douleur? Ma confiance en la médecine est morte, exactement comme si j'avais fait mes études de toubib.

Alors? Mon petit va-t-il traîner son fardeau toute sa vie? Ne connaîtra-t-il ni le bruit du vent dans les friches de chez nous, ni le glouglou du jus qui coule à la golotte du pressoir, ni la voix chaude et pure d'une fille, un soir de vendange, répondant à ses propos?

N'aura-t-il jamais la joie d'entendre son propre verbe qui coule de sa bouche, à foison, versant au cœur des autres la joie et l'émotion?

Il est vrai qu'il a d'autres émois. L'un qu'il tient de mon sang : de ses doigts, il dessine à merveille et colorie à plaisir. L'autre, qu'il tient du sang de ma femme : il manie l'outil avec une adresse de maître et comprend la mécanique. Ainsi lui reste-t-il encore des joies. Mais ne parler ni n'entendre! Quelle plus grande souffrance que celle-là?

Chapitre 2

Si les idées drôles gargouillent dans ma tête c'est que la fermentation de ma cervelle ne peut donner que de ce jus-là. Allez donc faire du cidre avec une grappe de pinot ou de la bière en pressant un aligoté ! J'ai ma besace de soucis comme les autres, pourtant. Outre mon pauvre Jeannot qui n'entend ni ne parle, le Bon Dieu, en sa majesté, envoie, comme à tous, des maladies à ma marmaille. Petits cadeaux bénins qui entretiennent l'amitié. Sans parler de la désolation, de la dévastation : la guerre, qui court sur le globe comme une nuée de poux sur un crâne sale sans oublier de venir se promener chez nous. On m'a vêtu plusieurs fois en soldat et on ne m'a pas caché que la guerre était le fin but de cette mascarade. Sous ce drap qui sent la sueur j'ai eu une bonne fois la colique, la vraie colique, celle qui mouille le caleçon et salit le pan de la chemise, la colique de la peur au bout du fusil d'un Arabe, l'ennemi héréditaire de l'époque, caché dans des cailloux. J'ai tout lâché, sans penser à faire de la philosophie. Ce n'est qu'après l'échauffourée, en voulant marcher, que je me suis aperçu que j'avais eu peur. De ce jour je n'ai plus jamais cru aux actes d'héroïsme, faits d'armes et bravoure, et je me suis promis avec franchise de fuir sans vergogne les endroits où pètent les mitrailleuses en laissant ce bruit à d'autres oreilles et j'ai pris un sacré plaisir à vivre en donnant plus de prix que jamais aux petites douceurs du ventre et de l'amour.

J'aurais tort d'en rougir, la peur m'a infusé la Raison. Et à la longue, pour éviter les endroits dangereux où les hommes s'entretuent, j'ai eu des ruses si belles, si bien moulées, si bien tournées que mes petits neveux pourraient bien tomber en admiration devant moi si je leur racontais tout.

N'anticipons pas.

Lorsque autour de moi je vis les mulets tués et les camarades raides comme des épouvantails, là-bas, dans le Maroc, je me suis dit : « Imbécile. Qu'es-tu venu faire là? Ne pouvais-tu pas rester dans ta Bourgogne, à guigner les filles, à courir les bois, plutôt que de venir te torturer de soif dans l'Atlas? »

Il était trop tard pour y retourner, dans mes collines; j'étais là, face à face avec des brigands de sauvages et les regrets ne m'en débarrassèrent point. J'attendis donc. Je ne sais par quel miracle des légionnaires vinrent me dégager. Devant eux, naturellement, je pris la figure d'un homme qui s'est battu comme un lion pour son pays, qui a tenu tête à la barbarie, parmi les cadavres d'hommes et de bêtes civilisés, mais en dedans de moi, je me disais :

« Du diable si on me reprend à faire le zouave comme ça ! Pour gagner du terrain aux spéculateurs de Paris ou d'ailleurs ! »

J'ai une bonne figure de chien battu et je peux lui faire dire ce que je veux par les grimaces. Mais ma cervelle n'a qu'une idée, attachée solidement au plus profond de moi-même : vivre. Voilà ma folie, ma passion : vivre ! Personne ne m'en voudra de le chanter bien haut car c'est ce que tout le monde pense tout bas.

D'abord me sauver, quitter ce pays où la poudre à canon faisait trop parler d'elle, gagner des petits coins tranquilles où l'on rencontre les gens malins qui vont, viennent, s'offrent des verres de vin, font des ripailles, gagnent les quelques sous nécessaires à ces aimables dépenses et profitent du soleil de Dieu.

Problème délicat.

On dit bien qu'on veut s'en aller, que l'uniforme vous pèse, que le fusil n'est pas votre cousin, mais des gradés prétendent qu'il vous faut rester, que la toile militaire et le casque colonial vous vont à ravir, que votre présence au feu est indispensable pour porter toujours plus avant le drapeau de la France.

Il ne me fallut pas longtemps pour me convaincre que ces gens-là raisonnaient comme des tombereaux qui vont à cul. « Conte ton conte ! pensai-je, moi je préfère être de ceux qui lisent plutôt que de ceux qui écrivent l'histoire ! » Et là-dessus me repassait l'image d'une petite Bourguignonne qui me promettait bien mieux qu'un titre de gloire ou l'honneur d'une citation. Mais il fallait sortir de là et d'abord nettoyer la chemise et le caleçon. Sacré travail ! Toute ma bravoure s'en était allée de ce côté-là, j'étais purgé de ma sottise de jeune veau, lavé de mes fanfaronnades, vidé de mon éloquence et de mes enthousiasmes. Toutes mes vantardises d'autrefois, déblatérées bien au chaud entre messe et vêpres, me parurent être de sinistres pantalonnades et j'eus peine à croire que c'était moi qui les avais prononcées. J'en eus la nausée.

A vrai dire, ça ne sentait pas bon, mais, réflexion faite, je ne fis pas un mouvement et je me mis à geindre, à pleurnicher, à pousser des « han ! » et des « ouïe ouïe ouïe ! » alors que je n'avais pas une égratignure et que l'envie me prenait plutôt de danser la gigue.

On ne fit pourtant guère attention à moi. On me laissa là, dans ma panade. J'étais loin de ma douce Bourgogne, mais j'avais un tel plan dans ma cervelle que j'en gloussais par avance. Je ne veux pas raconter la façon dont je m'y pris, mais on m'envoya à l'hôpital de Casablanca où un colonel major, bel et bien bardé de ses cinq galons, prétendit, en me palpant savamment, que deux de mes côtes étaient cassées, après quoi on me retira enfin ma chemise et mon caleçon où je mijotais depuis plusieurs jours!

Depuis ce moment-là, on n'a jamais réussi à m'accoutrer d'un uniforme ou à me faire marcher au pas. Pourtant les occasions ne manquèrent point. On peut dire que tout le monde, sauf moi, y a mis de la bonne volonté, mais lorsqu'on a réussi une seule fois à me redonner un fusil au début de cette guerre, on a été obligé de me réformer après trois mois de durs combats entre le major et moi. Ainsi rendu à ma forme première et unique d'homme libre et de Bourguignon salé, j'ai repris les travaux de la terre, du bois, de la basse-cour et du jardin.

Mes malheurs n'étaient point vaincus tout à fait, puisqu'ils resurgirent un par un, plus coriaces que jamais. Pourtant, accoutumés à me voir les dominer de très haut, ils n'osèrent me prendre de front et s'aiguisèrent les dents en grognant comme des mâtins qui attendent le bon moment, qui ne tarda pas à se présenter.

Ce fut la faim, la vraie famine qui vous tortille les boyaux et vous pousse à manger des racines infâmes comme les rutabagas.

... Elle s'en vint tout doucement, de restriction en restriction ; à la suite des bombardements, invasions, débandades et autres réjouissances. Sans y prendre garde, chacun perdit son ventre, son menton, les plis de la peau devinrent flasques et bien des fesses disparurent auxquelles il ne resta que le souffle. La famine était là, aiguisant les haines, et la Bourgogne, comme les autres, sentit ses boyaux vides se nouer sur son estomac. Des amis à moi, ayant maigri de moitié, prirent peur de leur fantôme et s'évanouirent comme un brouillard matinal sur l'Ouche, au mois d'août ; d'autres, au large dans leurs vêtements, offrirent à des amis l'hospitalité de leur pantalon et l'on vit ainsi des êtres étranges se promener, formés de deux squelettes dans le même costume. Mon beau-père, ayant suivi la foule et fait comme tout le monde pour la première fois de sa vie, se vit réduit d'un tiers pour commencer, puis, lorsque le vin blanc vint à manquer, on le vit se recroqueviller comme un escargot sur une braise incandescente. Enfin à la suppression du vin rouge, des matières grasses et de l'ail, il pensa se restituer au monde invisible des purs esprits. L'ail et le vin étant la base de sa nourriture, la vie n'était plus tenable pour lui et ne valait pas la peine d'être vécue. Ma belle-mère, privée de ses dents depuis longtemps, venait tout juste de faire l'acquisition d'un beau dentier lorsque le cataclysme survint. Le dentier ne lui fut plus d'une grande utilité et resta souvent dans son verre d'eau, et ma belle-mère perdait de l'ampleur, surtout dans sa moitié inférieure. Mon beau-père contemplait ses ruines, en silence, au lever, mais il n'en disait rien, de peur de la contrister. Il m'avoua, un soir, alors que nous avions bu un aligoté de contrebande : « La Marie! elle a tellement changé, tellement maigri des cuisses, que j'ai des scrupules à coucher avec elle, je m'imagine la tromper avec elle-même. »

Ma femme, la pauvre résignée, n'échappa guère à la règle et, à force de travailler, de courir ici et là et de tenir les enfants propres comme des sous neufs, elle y perdit du poids. Au bout de peu de temps de ce régime de carême, elle était revenue à sa gente silhouette de fille, qui m'avait tant séduit et fait rêver. Sa croupe était ronde encore, sa taille fine et élancée comme à nos fiançailles et ses joues reprirent les couleurs qu'elle avait lorsqu'elle languissait si galamment après moi!

Une seule chose pourtant ne pouvait rajeunir de huit ans, une chose qui avait été ferme et rebondie, quoique mignonne, qui avait ensuite gonflé par trois fois, qui avait été tiraillée par des menottes cruelles et suçotée par trois bouches goulues : sa poitrine. Ses seins, ayant diminué comme le reste, se résorbèrent et tentèrent de rajeunir, mais la fermeté leur manqua, ils apportèrent dans cette tentative une bonne volonté touchante mais trop de mollesse, une lassitude bien compréhensible les poussa au découragement et le résultat fut piteux.

Seule ma belle-sœur, cette chère petite nature si frêle, trouva le moyen d'engraisser. Par quel mystère put-elle s'alourdir avec ses deux cents grammes de pain et ses cinq grammes de graisse quotidienne? Elle prétendit que c'était de faiblesse. Avec son mètre soixante-dix, sa poitrine abondante, ses hanches plantureuses, elle fut la seule à conserver la solide silhouette bourguignonne, mais que de soucis, que de tracas, que de soins pour en arriver là!

Quant à moi, je me serais fait un devoir de faire comme tout le monde, mais, sec comme un vieux sarment, je ne pus me dessécher davantage. Et je demeurai tel quel, curieusement saur, mon nez seul plantureux au centre de ma figure tordue, mes deux cornes de satyre saillant sous ma chère peau. Tel j'étais, tel je restai, insensible à la disette comme à la bonne chère et j'en fus satisfait car ne sont-ce pas les arbres bien plantés qui ne souffrent pas plus de la sécheresse que de l'inondation?

Je n'en fus pas moins contrit, en mon épigastre, de ne pouvoir bombancer. Les culottes pouvaient s'user, mes semelles pouvaient disparaître, je ne m'en souciais point mais que le lard vînt à manquer et voilà le bonhomme sans ressort pendant de longs instants. Je fus pris d'abord d'une noire colère où tout mon répertoire sombra, en quelques heures. Puis je rongeai mon frein, en compagnie de mon beau-père qui se faisait mon écho pour clamer hautement, à qui voulait l'entendre, que tout le monde devenait fou, que c'était une misère de voir les hommes se tuer, se bombarder, se martyriser de la sorte et qu'il n'empêchait personne de se battre et de se larder de coups de baïonnette mais qu'en retour on devait le laisser libre de boire et manger à sa guise.

Pendant un temps nous bûmes ensemble l'amertume et le désespoir, faute de bon vin. Il me conduisit dans les petits cafés où il fréquentait et je fis ainsi connaissance de sa nombreuse compagnie d'amis qui se réunissaient jadis autour de bonnes bouteilles et qui continuaient par habitude à se retrouver devant les tables rases.

La fréquentation de ces grands gosiers ne fut pas, tout d'abord, pour me consoler : ils ne trouvaient de voix que pour déplorer la grande soif du peuple de France et particulièrement la sécheresse de leur palais. Tristes réunions de faces jadis enluminées, maintenant blafardes comme des cierges ! On eût dit des veillées mortuaires, autour d'un cadavre absent.

Enfin, petit à petit, le jour se fit dans nos esprits ; aiguillonnés par les voix aigres de nos femmes, nous prîmes conscience, en bons fraudeurs, maraudeurs, braconniers que nous étions tous, qu'il y avait encore quelque chose à tenter pour retrouver la joie de nos panses. A grands coups de poing sur la table nous jurâmes de nous tirer de là en employant toutes les manières, y compris la forte.

Si la guerre sévissait partout, en Europe, en Asie, en Afrique, il n'en fallait pas déduire que les Bourguignons de notre trempe dussent se dessécher, s'amoindrir ni désespérer. La guerre était un fait indépendant de notre volonté, il ne fallait pas que notre estomac en fût la victime. Encore bien moins fallait-il aller risquer sa peau dans cette grande folie qui secouait le monde comme nos gamins secouent les pruniers.

Notre famille devint ainsi un sanctuaire fermé et secret, le sanctuaire du bon sens, où la joie de vivre et de bien vivre continuait à recevoir un culte fervent alors que tous les beaux parleurs prêchaient le dévouement, l'abnégation, la bravoure ou autres folies furieuses de l'exercice desquelles on ne retire que la désillusion. Je rends grâce à Dieu et à mes truculents ancêtres de m'avoir forgé cette âme canaille et sans aveu, ce cynisme paillard et insolent qui permettent de prendre du plaisir au milieu de la putréfaction, de la désolation.

Mon sang n'a pas de pitié et je n'ai pas coutume d'endosser les sottises des autres. Je ne me connais qu'une obligation : nourrir et vêtir mes enfants, car de ceux-là je suis responsable. Ne les ai-je point appelés à participer à cette charmante plaisanterie qu'est la vie ? Ne les ai-je point provoqués après m'être esjoui sans vergogne ? De ceux-là seuls, aussi, je veux m'inquiéter pour qu'il ne soit pas dit que moi, Glaude Bourguignon, je n'ai pris de l'amour que le parfum.

De même je veux soulager la misère de mes vieux en les acceptant à mon foyer, pêle-mêle avec les marmots, les chiens, les poules, tous gavés de saine nourriture et de franche gaieté ; j'écouterai leurs propos et leur laisserai la douce impression que les histoires qu'ils racontent sont drôles, lourdes de science et de malice. Mais hors de ce cercle de famille, je ne livrerai rien de moi-même, pas plus de mon bien que de ma substance, pas plus de mon sang que de mon esprit car ce sont là des choses qui se mangent en famille.

C'est ainsi que nous partîmes sur les routes, dans les villages, battant la campagne, mendiant à toutes les portes, afin de trouver de la provende. Partout nous étions reçus par des mines de carême et, donnant donnant, il fallait laisser ses bottes pour emporter du grain.

Ce qui me manquait le moins, c'était le

savon. Non que j'en use plus que les autres, mais parce que rien ne m'est moins sensible que de rester crasseux une paire de semaines. Heureusement pour moi, certaines gens ne pouvaient se sentir un gramme de crasse sur le ventre. J'allais donc près d'eux et je leur disais : « voici mon savon, payez-moi en beurre ou en lard », et j'emportais le lard.

Au retour, les douaniers, gendarmes, policiers et autres chiens de domaine nous guettaient sur la route pour nous dépouiller d'abord et verbaliser ensuite. Alors, pour les éviter, nous revenions par les bois, les friches, marchant des journées sous le soleil pour ramener nos trésors.

Cela soit dit pour donner à mes petits-enfants et arrière-petits-enfants qui me liront, une idée de ce que fut la guerre de 1940. Aujourd'hui, grâce à ces stratagèmes, je mange la potée toutes les semaines et le lard n'y manque point, car j'ai tué en cachette un cochon bien salé dans une barrique, j'ai fait deux tonneaux de choucroute cachés en mon cellier, récolté en fraude un tas de pommes de terre, nourri une basse-cour, tué un mouton, empilé conserves et salaisons au risque d'être jeté en prison, et, petit à petit, malgré tout, je sens la vigueur, le courage et la graisse revenir en mes pauvres membres.

Encore une misère étranglée proprement

de mes mains! Encore une victoire sur le malin. Les petiots ont des joues rouges, brillantes, la peau en est tendue, le duvet en est brillant, comme celui des poulains de l'Auxois...

Dommage! Dommage que mon grand, mon aîné, mon petit poulet de grain chéri soit sourd et muet, condamné, perclus de l'ouïe et de la langue, perdu dans son enfer de silence et de frayeur! Au moins s'il n'entend rien n'aura-t-il pas le déplaisir de subir les jérémiades de ses contemporains! Cela me console à moitié et, lorsque j'écoute certains de mes voisins, je me prends à l'envier tout à fait. Je m'exclame : « Grand Dieu, que vous êtes juste dans votre dureté, d'envoyer à la fois la douleur et sa récompense! Dois-je vous craindre ou vous remercier de m'avoir fait un fils sourd-muet? Car enfin en voilà un qui n'aura pas la peine d'écouter les sottises des autres ni le martyre de suivre certains raisonnements des moralistes qui n'ouvrent la bouche que pour vous envelopper de sentences, de conseils et de reproches! »

Et je continue, en suivant mon chemin, le long de l'Ouche qui brille gentiment sous le froid soleil de mars : « Il n'entendra pas, le pauvre cher petit, il n'entendra pas! Mais la voix humaine est-elle toujours si douce, si joviale? Il ne sera pas obligé, avec les chansons des oiseaux, d'avaler en son cerveau les niaiseries et les méchancetés!

S'il aime à boire il boira en toute tranquillité et personne ne viendra le lui reprocher.

S'il aime à courir les buissons et les friches, il le fera saoul de liberté et d'espace, sans prendre garde aux murmures que j'entends, moi, sur mon passage, et qui disent : « Regardez ce grand fainéant! Il devrait aujourd'hui bêcher sa terre et fumer son champ! et cependant le voilà qui flâne! » ou bien : « Te voilà encore en train d'écrire, plutôt que de t'occuper de tes travaux! » et encore : « Regardez-le rêver! Dirait-on pas qu'il a des rentes? »

Tu rêveras, mon Jean-Pierre, tu écriras, tu flâneras, tu boiras et jamais tu n'entendras la sotte chanson des jaloux et des benêts.

Ainsi jasant, parfois à haute voix, me voilà engagé dans le sentier des pêcheurs qui suit la rivière. L'eau bavarde me répond, ballottée comme moi sur les pierres de son lit, heurtant les roches ici, bridée, réservée, retenue là par des obstacles, des racines, s'élançant ensuite pleine d'espoir et d'ardeur mais tôt corrigée de cette fantaisie par un banc de vase et de sable qui la freine et l'enlise. Elle me ressemble, cette rivière aimée, car toutes ses misères la poussent à chanter et il n'est point de roches, de pierrailles, d'obstacles qui ne l'obligent, finalement, à manifester clairement et bruyamment son allégresse.

Je marche encore, regardant chaque branche où se gonflent les bourgeons, guettant négligemment le moindre signe de vie, les vaguelettes, la brindille, le vol d'une verdière. La guerre? Les mercenaires peuvent s'y livrer, par calcul, par vanité ou par sottise, je reste libre comme l'oiseau. La campagne m'offre sa complicité pour échapper à la famine et aux gendarmes. Je suis trop malin pour mourir de faim ou pour être soldat. Je suis fait pour survivre toujours, éternellement, échappant aux lois et aux règlements, tout en jasant au long de mon chemin. Aujourd'hui, ni travailler, ni sculpter, ni bêcher ne me plaît. Aussi flâné-je avec délices en ricanant de voir tous ces hommes suants et soufflants qui mettent tant d'ardeur à retourner leur maigre jardin. Ce sont des esclaves.

Je ne sais d'où je tire mon ressentiment soudain mais je le sens invincible. La contrainte en est l'objet. Il suffit qu'un écriteau m'interdise une chasse, une pêche, un passage pour qu'aussitôt mon poil se rebrousse, pour que mon œil pétille et qu'une petite avant-joie me pousse à siffloter gaiement, comme à la perspective d'un bon moment à passer. Ou bien que le garde champêtre affiche un papier sur le mur du café et aussitôt j'en prends le contre-pied, même avant d'en prendre connaissance. Truculent, frondeur, insolent, je jure de ne me laisser prendre à aucun piège.

Croyez-vous que tout mon être, depuis des

siècles qu'il souffre, ne soit pas au guet comme le lièvre ou l'oiseau, et que mon oreille ne se dresse pas au moindre bruit?

Je vous le dis : il faudrait un sacré malin pour me prendre endormi au gîte.

Chapitre 3

Pour continuer bellement le récit de mes misères, je dois dire que la faim m'ayant surpris, il y a deux ans, au début de cette sale histoire, je me promis de renforcer ma basse-cour. Ainsi, ayant tué mes vieilles poules sur le retour d'âge, je cherchai une ou deux poulettes pour compléter mes couvées.

Une brave dame bien-pensante, à qui j'avais rendu service, m'en remit une, en paiement d'une dette ancienne. Elle le fit après bien des hésitations, me priant vingt fois de revenir, la bête étant en champs chaque fois que je me présentais. Enfin voyant que ma mémoire était bonne et qu'elle ne pouvait me lasser, elle me paya finalement d'une poule grise qu'elle me remit comme un cadeau, alors que ce n'était qu'un dû. Elle me la donna en pleurant presque, regrettant sa « petite grise » qu'elle devait avoir, pour le moins, élevée au sein à en juger la tendresse qu'elle lui portait.

J'emportai la bête, malgré pleurs et regrets, et je la mis avec mes poulailles. J'eus aussi deux coqs, l'un superbe et bien en voix, le « Pacha », et un deuxième, inférieur à l'autre et, de ce fait, condamné à contempler les ébats amoureux du premier. On le surnomma « l'Eunuque », pour cette raison. D'autre part, j'eus trois poules de deux ans qui furent les « trois favorites » et trois jeunes poulettes, dont « cette chère petite grise », qui furent les « trois odalisques ».

Au début l'Eunuque me fit pitié. La présence de ces six poules en beauté, les unes douces et tendres, les autres piquantes et provocantes, le mettait dans un état bien compréhensible. Mais il n'avait pas tiré la patte, baissé l'aile et gloussé de plaisir que le Pacha survenait, le corrigeait durement et réprimandait celle des poules qui avait osé encourager les avances.

Il fallait voir le pauvre Eunuque regarder d'un œil marri son rival dont les entreprises étaient toujours couronnées de succès. J'espérai longtemps que l'Eunuque allait réagir violemment et regagner les trois poules auxquelles, mathématiquement, il avait droit ou tout au moins s'attacher une poulette compatissante qui vînt lui faire oublier tant bien que mal sa disgrâce. Il n'en fut rien. Le Pacha s'attitra bel et bien les six garces et aucune (voilà bien les femmes) n'eut pour l'Eunuque un gloussement de sympathie. Il resta donc blotti dans le troène, n'osant plus sortir de peur de se faire rabrouer. C'est à ce moment qu'il me déplut. Il me rappelait tant d'hommes qui se laissent subjuguer, caporaliser, vaincre, et dont la mine de larbin hante mes rares nuits d'insomnie! Sa crête, jadis rouge, devint blanchâtre, comme s'il l'eût trempée dans la farine. Elle se fana languissamment sur le côté, elle jadis si hautement érigée, son œil de célibataire devint terne, sa tenue s'en ressentit : il se négligeait.

Après les repas, le ventre bien tendu, je prenais plaisir à regarder ce drame de basse-cour, y trouvant maint enseignement.

Un jour, pourtant, je vis mon Eunuque reprendre du lustre et de la vie. Sa crête s'avivait, son œil était cruel et perçant, sa plume avait je ne sais quel mouvement de panache, comme les capes que soulevaient jadis d'orgueilleuses épées. Je l'observai : il avait trouvé le moyen de rejoindre les poules de la voisine, qui, sans mâles, privées de caresses conjugales, l'accueillirent avec empressement sans se montrer trop difficiles sur le plumage ni sur le ramage. De ce jour, il reprit le cri vainqueur et la physionomie du mâle satisfait. Il devint aussi beau que le Pacha avec lequel il sympathisa presque.

Mais là n'est pas l'histoire. L'Eunuque était voué à mon pot; aujourd'hui, il se gave, dans une épinette, et sera fin gras, je le pense, pour dimanche prochain. Et j'entends d'ici le beau-père s'exclamer, fourchette en main : « Ce poulet, je ne sais ce que fut sa vie, mais sa mort rachète bien des choses ! »

Revenons donc à notre poulette.

Cette poulette grise, si précieuse, si aimée, commença par refuser l'hommage du Pacha. Ma femme, qui s'en aperçut la première, était rouge d'indignation lorsqu'elle me raconta la chose. Je me mis donc au guet et je fus obligé d'admettre que, soit par pudeur, soit par distinction, la gentille petite poule grise se tenait à l'écart, ne participait ni aux babillages ni aux parties fines auxquelles se livraient ses accortes compagnes, en compagnie de leur sémillant cavalier.

Elle laissait ses yeux baissés plutôt que d'aguicher le jeune homme par des œillades, afin d'avoir, le matin, la primeur de ses sens reposés. Elle marchait à pas précieux, pudiquement, loin de tout attroupement où, fatalement, elle eût été exposée à recueillir des propos égrillards. Elle semblait marmotter sans cesse une prière, et se retirait loin de tous lorsque l'envie lui venait de pisser ou de lâcher une de ces charmantes crottes multicolores qui font la joie de mes enfants. L'exercice de ses fonctions les plus légitimes la contraignait à se dérober, à chercher l'isolement. Et surtout, surtout, elle évitait de manger abondamment. Dès lors, elle eut droit, comme tous les êtres de petit appétit, à mon dédain le plus total.

Passe encore de cacher ses fesses ou de fuir le bavardage, passe encore de refuser le plaisir de savourer une bonne gaudriole bien verte, bien grenue qui stimule votre ardeur, passe encore de fuir les caresses matinales (on voit jusqu'où va ma tolérance), mais se retenir sur la bonne chère, pour une poule bourguignonne!

Cette dernière particularité m'indisposa franchement à son égard : nous avions une poule bien-pensante!

« Si jamais une telle bête pond un seul œuf, dis-je à ma femme bouleversée, je veux être condamné à me contenter, chaque matin, d'un bol de lait, d'un demi-fromage et d'une petite couenne de lard », et je fus d'avis de la tuer tout de suite.

« Au moins, dans la gamelle, dis-je, fera-t-elle œuvre utile sur cette terre!

– Pourtant, disait ma femme, elle va se mettre à pondre dans une semaine à peine, la voilà formée!

– Formée? une poule bien-pensante? Elle préférerait crever, m'entends-tu, elle préférerait pourrir par le croupion à force de se retenir, plutôt que de laisser croire au monde qu'elle est faite comme les autres. Je la connais : elle se cache pour faire ses crottes parce qu'elle s'imagine que, ne la voyant jamais se livrer à cette occupation, nous pensons qu'elle échappe à cette obligation, qu'elle est un pur esprit! Elle préférera mourir de pâmoison, plutôt que de tourner gentiment son derrière au valeureux coq que nous lui avons donné. Ainsi elle pense passer pour une sainte poule. Ne l'ai-je pas vue, devant un picotin d'avoine bien fraîche, flairer les grains, les regarder de travers, en grignoter un ou deux puis s'en aller, ayant mangé ? Peut-on attendre rien de bon d'une petite bouche ? Crois-moi, la bourgeoise, ne te fie dans la vie qu'à ceux qui ont bon appétit, franc gosier et le reste ! De ceux-là seuls on peut attendre un coup de main. »

En disant cela, j'étais sûr de ne froisser personne dans la maisonnée et, en même temps, je donnais une fière leçon de psychologie (est-ce bien le mot ?) à mes trois gosses présents.

Les jours passèrent. Le printemps devenait de plus en plus coquin. Depuis les moindres primevères jusqu'à la patronne, toute la propriété en savait quelque chose et ma poule continuait à pratiquer la vertu.

« Demain, disait ma femme, demain, elle pondra !

– Jamais ! » était ma réponse, et tous, nous guettions la poule grise, chaque fois qu'elle semblait se diriger vers la fenière. Mais la garce, aussitôt qu'elle arrivait près de la paille fraîche où ses compagnes déposaient sans vergogne, chaque jour et bruyamment, leur légitime et frêle espoir maternel, elle se détournait, l'œil vertueusement clos, la mine pudibonde et le croupion dédaigneux.

Je me fâchais :

« Mais vas-y donc, bougre de tartufe ! Il n'y a pas à rougir de pondre un œuf ! Tu vas te faire une mine comme toutes ces vieilles filles, la bouche froncée, à bouder ainsi devant les joies de la vie ! »

D'autres fois, le coq ayant souhaité galamment le bonjour à ses cinq compagnes accueillantes, chacune empressée à en être honorée la première, nous le voyions s'approcher drûment de l'insoumise et lui faire une cour si jolie, si gentille, si frétillante, si séduisante, si tentante, si épanouie qu'instinctivement mon bras entourait la taille de ma jolie femme et que sa main venait s'emprisonner volontiers dans la mienne.

La poule grise, elle, sans précipitation, mais avec la fermeté qui caractérise la vertu, regagnait des zones moins galantes et faisait mine de s'intéresser à une pierre ou à un vieux clou rouillé.

Le Pacha, un peu étonné d'abord, l'y rejoignait finalement pour reprendre le rite admirable de son amoureuse préparation. Même feinte de la poule grise. J'étais hors de moi :

« Regardez-moi cette pimbêche ! A quoi est utile, je vous le demande, une semblable orgueilleuse ? Quelle est la place, en cet univers, d'une femelle qui refuse de s'accoupler ? A-t-on jamais vu fleur qui refuse de s'ouvrir sous le baiser du soleil ?

– Tais-toi, disait ma femme, laisse-les faire! »

J'encourageais le coq du geste et de la voix. Mais finalement, las de poursuivre une rétive personne, il terminait la journée dans la compagnie de ses gentilles amies.

Et ma poule ne pondait toujours pas.

Ma femme prétendait qu'elle allait pondre dans un buisson, dans une cachette, et, pendant des journées, nous cherchâmes partout, vainement.

Nous étions suspendus au derrière de notre poule bien-pensante.

« Demain, elle fera son œuf et cédera au coq », disait ma femme.

Et le lendemain, poursuivant sa damnation en croyant gagner son salut, la poule bien-pensante n'avait ni pondu ni répondu. C'est alors qu'il me vint l'idée que, pareillement à certaines enfants de Marie qui hésitent longuement au bord de l'amour, les yeux baissés, pour devenir, lorsqu'elles y ont goûté, les plus insatiables et les plus dévergondées, ma poule allait d'un seul coup devenir la plus sensible aux avances du coq.

J'attendis.

Mais ma poule était bel et bien une poule vertueuse, plaçant la continence au-dessus du devoir maternel et poursuivant discrètement l'œuvre de son salut. C'est à ce moment que nécessité se fit sentir de la tâter, traitement un peu barbare, mais fécond, qui permet de ne pas nourrir plus longtemps un être stérile.

Je laissai ce soin à ma femme, car, pour moi, sonder cette douce et vierge toison m'eût semblé commettre un viol.

Pendant que sa main palpait ce corps immaculé, ma femme, les yeux dans le vague, me confia d'une voix troublée :

« Une boule lui roule sur le ventre !

– Pardi, m'écriai-je, ce sont ses œufs, ses œufs qu'elle retient, par pudibonderie, par hypocrisie !

– Comme elle est maigre ! dit ma femme.

– Bien sûr ! répondis-je, elle se ronge les sangs à vouloir résister à l'amour, à la maternité, à l'appétit, aux joies de jaser, de plaisanter et de manger ! As-tu jamais vu ces gens-là être sains et se parer des couleurs de la joie ! »

Nous avions compris ce jour-là qu'elle préférait crever plutôt que de nous laisser supposer un instant qu'elle avait, sous son plumage, j'allais dire sous sa robe, un corps comme les autres, un corps de poule.

« Tuons-la ! » dit ma femme.

Tant que j'étais seul à parler tuerie, le moment n'était pas venu, mais dès l'instant où ma femme se rangea de mon avis tous les obstacles tombèrent. Il devint même urgent de la tuer. En l'absence de ma belle-mère, ce fut à moi que revint l'honneur d'immoler la vierge.

Je n'en fus pas plus fier pour autant.

Ma femme se voila la face et la pauvre poule mourut sans pousser un cri, molle comme une chiffe.

Après l'avoir déplumée, ce fut avec un respectueux dégoût que je plongeai ma lame dans ce corps virginal. Mon couteau rencontra, dans ces entrailles, une résistance qui ne m'étonna pas. Ayant ouvert la bête, je vis une boule énorme, blanchâtre, qui remplissait tout. Le cœur était gros comme un haricot, les poumons pas plus volumineux qu'une fève. Tout était comprimé par cette boule, sa vertu sans doute, qui avait grossi aux dépens de tout le reste. Pourquoi l'idée me vint-elle de plonger ma lame dans cette tumeur? Pourquoi ouvris-je cette boule ainsi qu'on casse un œuf? Satan, j'en suis sûr, en sait seul la raison. Car, ayant ouvert cette boule de nerfs et de viande et boyaux noués et contournés, un liquide jaune et puant s'en échappa, souillant mon tricot.

Là-dedans, c'était sa vertu refoulée qui s'était mise à pourrir et je m'en prenais à cette bête, à ce cadavre putréfié, le chargeant de toute l'hypocrisie humaine. Je la pris par la patte, du bout du doigt, car le contact de cette chair me dégoûtait. J'allais la jeter à mon chien, qui n'en semblait pas ravi, lorsque, le corps flasque s'étant mis à tourner, comme sur une broche, le croupion vint à me passer devant le nez. Pauvre croupion, comme il était ratatiné, froncé, fané, fermé! Comme il était triste, ce croupion!

Non seulement triste, à ce que je vis, mais anormal.

Oui, anormal, c'est le mot.

Je ne passe pas mon temps à considérer le croupion des poules, mais, pour en avoir découpé de bien rôtis, de bien dorés, pour en avoir mangé, de ces juteux bonnets d'évêque que la sagesse bourguignonne a nommés le « sot-l'y-laisse », pour en avoir savouré, dis-je, de ces croupions de poulardes, je sais reconnaître un vrai croupion, un croupion sympathique, bien écarquillé, bien rose.

Or celui-là n'était ni rose ni épanoui, mais pâle, mais triste! J'y mis un doigt dédaigneux... horreur! là où chaque poule a un orifice, un joli petit orifice bien douillet qui s'entrouvre comme un calice pour recevoir le soleil, celle-là ne présentait qu'une surface bien lisse, brillante comme le creux de ma main, bleuâtre un peu, comme une paupière fermée. Œil fermé sur l'amour, et clé du mystère de sa vertu et de son martyre, que j'avais pris hélas trop longtemps pour du pharisaïsme.

Je l'ai plainte, cette pauvre poule, et

j'eusse voulu avaler toutes les mauvaises paroles dont je l'avais fustigée. Mais il était trop tard. Depuis, je n'ose plus dauber sur les gens bien-pensants, sur les bigotes, les pimbêches sucrées, les donneurs de conseils, les pudibonds. Car ces gens n'ont peut-être tant de vertu que parce que, ainsi que ma pauvre poule grise, ils n'ont pas de trou du tout !

Chapitre 4

Levé de bonne heure, j'ai eu ce matin tout le loisir de chercher dans le garde-manger où j'ai trouvé de quoi réjouir ma panse. Aussi ai-je bien mangé.

La journée, ainsi commencée, ne peut être que douce et joviale. Un bon morceau de jambon sec, avec un peu de pain, voilà qui vous ouvre un horizon, surtout si on le fait suivre d'une assiettée de bouillie à la semoule, froide et figée, dans le fond d'une écuelle, fraîche comme une fleur, blanche comme un lys et sucrée à point.

C'est au hasard de mes recherches matinales que je découvre, cachés en le placard, ces restes qui, la veille au soir, ne méritaient que mon dédain. Gavé, je n'avais pour ces reliefs qu'un regard terne. Le matin, creusé par un bon sommeil et par une nuit de jeûne, je les dévisage avec des pleurs de joie et, tout en mangeant, mon œil cherche encore.

J'aime les bons repas, on s'en doute. Mais

autant pour les restes qui en perpétuent, quelques jours, le souvenir, que pour les joies immédiates qu'ils procurent. Ainsi, ce matin, ce jambon me rappelle avec juste assez de précision les bons instants passés hier au soir devant l'omelette morveuse que me fit ma femme, et cette bouillie me donne discrètement à penser à ce flanc à la semoule, bardé joliment de pâte dorée.

Dehors, il fait bon, quoique frais. Les fleurs de mes cerisiers en sont toutes frissonnantes et j'ai pris la chair de poule à sortir en chemise, aussitôt levé, pour dire bonjour, à ma façon, à mon jardin, à mon panorama de collines et aux coteaux vineux que l'on aperçoit, par-dessus l'épaule de la montagne Sainte-Anne, en direction de Chambertin.

Cette bouillie n'est pas avalée que mon estringoire m'avertit que, si la qualité fut de la fête, la quantité manquait. Et me voici, l'œil aux aguets, cherchant en toutes les assiettes, en tous les pots, en toutes les soupières pour faire la guerre au seul ennemi héréditaire que je me connaisse : la faim!

Voilà une bonne guerre, voilà une œuvre utile et stimulante que de pourchasser cet ennemi-là! J'y apporte toute l'ardeur de la race (qu'il me soit permis de prononcer là ce mot, par ailleurs insignifiant), j'y mets tout mon bonheur, qu'on s'en rapporte à moi, et toute ma perspicacité.

Tout à l'heure, nous prendrons la bêche,

peut-être, mais en attendant manions la fourchette, cette arme merveilleuse. La cuisine, encore dans l'ombre, n'a été ni balayée par la lumière nouvelle qui naît, ni vidée de ses odeurs culinaires, froides et comme condensées sur les choses. J'aime ce parfum de sardines fumées qui flotte au-dessus des assiettes empilées sur le coin de la pierre d'évier. J'aime ce souvenir d'huile de navette blotti près de la niche. On ne peut me retirer ça, je suis un artiste jusqu'au bout de la langue et jusqu'aux poils du nez.

Maintenant, ayant fait taire les clameurs de mon épigastre, je me vêts de mes frusques aimées, bien culottées de sueur, bien fumées de mon odeur, ce fumet qui me tient à tel point compagnie que, lorsque j'ai pris mon bain annuel, pour Pâques, je m'ennuie pendant quinze jours.

Et voici un jour de joie qui commence.

Un jour de joie? En êtes-vous sûr?

Oui, j'en suis sûr. Car la bourgeoise m'a, devant que de me laisser quitter notre douillette couche, annoncé le menu de la journée. J'ai donc la certitude que, deux fois au moins dans les vingt-quatre heures, je vais jouir et je ne parle pas des éventualités, multiples, agréables et inconnues qui viendront, au long de mon temps, pimenter mon existence.

Je ne veux point, par contre, imaginer les mauvaises rencontres, les efforts pénibles que nous essaierons de réduire au minimum, je ne veux point non plus regarder par-dessus la haie pour voir si le voisin a meilleur pain et plus de beurre dessus que moi, l'envie m'en viendrait, la jalousie s'ensuivrait et adieu les belles heures!

Je passe ma culotte. Cette bonne culotte, ma confidente. Diable! Aurais-je engraissé? Aurais-je choisi ce temps où tout le monde fond comme beurre en coquelle non pas pour prendre de la graisse mais pour m'étoffer? Aurais-je eu cette audace? Oui, n'en doutons plus; depuis un bon mois je me gonfle, pétulant, prêt à éclater.

Tout en mangeant, je pense en effet que, depuis quelque temps, chacun, à la maison, reprend un air de santé. Le beau-père, qui n'avait conservé que son nez dans un état normal, reprend petit à petit des couleurs, ma femme est plus dodue, ma belle-mère plus ferme, les enfants sont luisants de santé et tout le monde, chez moi, a cet air satisfait qui accompagne les digestions laborieuses.

C'est qu'en effet, pendant que l'humanité se crève de bravoure sur les champs de bataille, nous savons les mots qu'il faut dire, les gestes qu'il faut faire en ces temps effroyables, pour échapper à la disette. Nous ne nous en privons point, au péril de notre liberté, car bien manger est puni de prison, c'est la façon dont les riches, gavés, punissent le manant de son audace.

N'y a-t-il pas audace, en effet, à manger à

sa guise après avoir perdu la guerre? N'y a-t-il pas honte à se sustenter honnêtement après avoir décampé devant l'ennemi et planté la baïonnette en terre, avec le fusil? Ne devrait-on pas mourir de confusion, le rouge au front, pour avoir fui, tous ensemble, nous les petits, les péteux, cette occasion unique de mourir en beauté? J'ai survécu à la défaite de nos armées. Cela, le curé et le banquier ne me le pardonneront jamais. La famine qui suivit le blocus de l'Europe était, n'en doutons pas, la punition de tant de cynisme et voilà que, par ma faconde, ma ruse et mon industrie, j'arrive à faire la nique à la faim et que j'ai le front de m'en déclarer satisfait! Scandale!

C'est que, messieurs, nous avons compris dans la famille que les cadavres des champs de bataille n'ont jamais valu une bonne panse bien ventrue et qu'un monceau de morts n'a jamais endigué quoi que ce soit. Le sacrifice de mon arrière-grand-oncle Vercingétorix, que l'on m'opposera comme modèle, n'a pas, que je sache, empêché que la France devînt latine, ce qui eût été bien dommage, soit dit entre parenthèses.

Dans la famille nous avons donc mis deux mille ans pour comprendre qu'une génération n'avait pas nécessairement de rôle historique à jouer. Nous avons mis deux mille ans pour nous convaincre que l'homme intelligent ne se bat jamais. Deux mille ans, c'est beaucoup direz-vous? C'est assez peu de chose à côté de l'éternité et je vois en outre que nombreux sont ceux qui n'ont pas encore compris et ne comprendront jamais.

Ainsi, en fuyant la mort précoce, même héroïque, pour conserver la joie de manger et de jaser, je me trouve à l'avant-garde du progrès. Car je pense avoir désormais montré le chemin à tous les manants sensés qui se sentiraient las de se battre pour le roi de Prusse; et je pense pouvoir dire, lorsque j'aurai soixante-dix ans, ce que me disait mon grand-père le soir de l'armistice : « J'ai été deux fois vainqueur, deux fois vaincu, je n'ai jamais saisi la différence. »

Me voici vêtu.

Le jambon et la bouillie ne forment plus maintenant qu'une petite chose informe au fond de mon estomac et je suis bien forcé de continuer l'inventaire des plats. Voici des sardines confites en une huile de navette, jaune comme de l'or et parfumée comme la noisette. J'en mange une, puis deux, avec des pommes de terre froides, puis trois. Quelle belle chose que la vie!

Je chausse mes sabots, j'avale une quatrième sardine, et me voilà prêt à boire le bon bol de café au lait que va me préparer la patronne. A l'instant elle sort de son lit, sur la pointe des pieds afin de ne pas réveiller les marmots; elle arrive, dans sa grande chemise de nuit, les yeux bouffis, la voix pâteuse et, d'un riche baiser, nous nous souhaitons pour la deuxième fois le bonjour.

Le parfum des giroflées a quelque chose de poivré qui m'enivre comme celui de ma femme. Un petit brouillard monte, rose, de la vallée et me voici, ébaubi de ces merveilles, ardent à savourer la vie, accoudé à ma fenêtre pour juger le temps, sonder le ciel, mesurer le vent afin de savoir où je porterai, aujourd'hui, mon activité, lorsque j'entends à la grille une voix bien chère et volontiers gouailleuse qui est celle du beau-père.

Bien que nous ne soyons pas de la même Bourgogne, lui de la vineuse, moi de l'éleveuse et forestière, nous avons même truculence et semblable paillardise, et dois-je dire que notre avis sur la chère et la chair sont proches voisins?

Ce matin, il monte près de nous à seule fin, semble-t-il, de humer l'air frais, le long de la rivière qui sépare nos demeures, et encore de se régaler l'œil de tant de roses et de blancs des pêchers et des cerisiers en fleur. Je sais qu'il est poète, poète comme on l'était de son temps, celui de François Coppée, mais je serais fort étonné que cela fût le seul mobile de sa visite. N'ai-je pas rentré hier ma pauvre ration de mauvais vin? Voilà l'appeau! Je ne veux point dire qu'il ne prenne pas de plaisir en notre compagnie, car il nous embrasse, moi le premier, comme si nous ne l'avions vu de trois ans. Il nous embrasse donc, en jasant, l'œil humide de tendresse et de convoitise gourmande. Le cher brave homme! N'a-t-il pas déjà rencontré quelque braconneur avec qui (il faut bien avoir de l'entregent) il aurait bu, à grands frais et en fraude, la chopine réveille-matin?

Sa face est rouge, son œil larmoyant, son débit rapide et généreux, son geste large, son chapeau de biais, sa main joviale. Et que n'a-t-il pas à me raconter depuis que je ne l'ai vu. Ah! bon Dieu!

Il entre. Il regarde les murs, les rayons, les meubles, les chaises, la table, comme s'il visitait notre logis pour la première fois. Il souffle, éclate de rire, ronchonne et s'écrie : « Bon Dieu oui, que vous êtes bien ici! »

Il explique alors que les bas-fonds où il vit sont malsains, entre Ouche et canal, que le miasme qui flotte de l'une vers l'autre de ces eaux contraires (courantes et dormantes) le met au supplice et enfin que sa femme est mauvaise comme un crin, qu'il n'y a plus moyen de vivre avec elle, que la guerre, cette bon Dieu de guerre, lui a donné le coup de grâce, que c'en est fini de leurs roucoulements, las! et de leurs effusions (il dit « infusions », ne manquant pas une occasion d'éclater de rire) puis, pour finir, et tout en disant à sa fille : « Mais... Tu n'as donc bon

Dieu rien à boire? » il sort de sa poche un lapin de garenne qu'il pose sur la table. Pendant que ma femme met deux couverts et nous sert à boire et à manger, il dit :

« En voilà un qui m'a coûté cher! Bon Dieu, j'ai cru que le Charlot ne se déciderait pas à me le donner. Enfin, au bout de quatre chopines, il l'a sorti de sa poche et le voilà! »

Je comprends maintenant pourquoi le brave homme a cette jactance et je l'en excuse volontiers, car le garenne est peut-être mon gibier préféré, avec un puligny bien propre dans le civet et un echézeaux dans le verre.

C'est l'occasion, pour le beau-père, de placer pour la centième fois une merveilleuse histoire au cours de laquelle, entre deux verres d'aligoté de Chenôve à quelqu'un qui lui demandait : « Mais à quoi chassez-vous tout ce gibier que vous traînez dans vos poches? » il a répondu : « A la chopine, comme les vairons. »

Il faut dire que le père Bardot, mon beau-père, n'aime pas la chasse. Ces longues traques, ces marches dans les friches le mettent au supplice, à cause de la soif. Il aimait jadis se mêler aux chasseurs au moment où ceux-ci descendaient la montagne, le carnier plein, et entrait avec eux dans les auberges où se terminent les meilleures battues.

C'est là que commençait sa chasse à lui. A

l'affût entre deux bouteilles poussiéreuses, il guettait la défaillance du chasseur, offrait tournée sur tournée, tentait le Nemrod par des prouesses affriolantes, commandait le meilleur de la cave et enfin, au moment difficile à saisir, où le chasseur sombrait dans l'inconscience, emportait la pièce convoitée; il choisissait naturellement, comme victime, un luron qui avait le vin généreux.

Aujourd'hui, hélas, les fusils nous ont été raflés, empilés dans les mairies, puis emportés on ne sait où et la chasse, de ce fait, est interdite toute l'année. Mais, comme on pense, le braconnage a fait des progrès, et c'est le Charlot, dans notre petite société, qui est chargé d'approvisionner les autres en gibier. La tactique, pour mon beau-père, est la même, avec cette seule différence que ces tractations doivent se passer dans les arrière-boutiques, en veillant à ce que la police, déguisée ou non, ne vienne y mettre sa patte, et hélas le vin, le bon vin qui coulait jadis sans qu'on ait besoin d'ouvrir le robinet, se vend sept, huit, dix francs le verre.

Si vous connaissiez le Charlot, vous comprendriez qu'avant que ses yeux papillotent, il faut lui en verser, de ces bon Dieu de canons, et ainsi le lapin peut être chèrement payé.

« Bref, dit le beau-père, ne vous occupez pas de ça! Il ne faut jamais regretter les sacrifices que l'on fait pour son ventre. »

Ce mot de sacrifice lui remet en tête une histoire, une histoire tellement importante que c'était en définitive, pour en conclure, pour me la raconter qu'il était monté.

Le vin brille dans le gobelet d'argent. Il allume une cigarette de vrai tabac, de contrebande aussi, et il dit :

« Figurez-vous que deux bon Dieu d'aviateurs russes ont été obligés d'atterrir, la nuit dernière, en territoire allemand. Il est bon que je vous rappelle que la Russie et l'Allemagne, l'Angleterre, l'Amérique, l'Italie, la Chine, le Japon, la Bolivie, le Brésil, l'Australie, etc., sont, depuis quatre ans, dans un amphigouri de bon Dieu de guerre où je ne reconnais plus rien. Bref, voilà mes aviateurs qui descendent de leur avion et voient arriver à eux des Allemands qui venaient les faire prisonniers. Qu'auriez-vous fait à leur place? Vous auriez levé les bras en l'air et vous auriez dit : Ça y est, je suis fait!

« Les aviateurs russes, eux, ont mis leur bon Dieu de mitrailleuse en batterie et ont reçu les autres à coups de feu. »

Il s'arrête, boit un coup et nous regarde, les yeux ronds :

« Quoi, ça ne vous fait pas bondir? Ils étaient deux, vous m'entendez, deux Russes, tout seuls au plein milieu de l'Allemagne et ils se sont défendus comme ça, jusqu'au bout, jusqu'à leur dernier souffle, comme on dit, deux contre tous les Allemands? Voilà ce que j'appelle de la bêtise, ni plus ni moins! Les professeurs de morale peuvent jaser là-dessus tant qu'ils voudront, moi je dis que si l'humanité continue sur ce ton-là nous ne sommes pas près de boire du bon vin tout notre saoul. Et pourquoi sommes-nous mis sur cette terre, est-ce pour manier désespérément la mitrailleuse ou pour boire du vin et manger du garenne? »

Nous sommes tous d'accord, bien sûr. Mais je ne peux m'empêcher de lui dire :

« Beau-père, vous faites écho à mes plus chères pensées, mais vous ne parliez pas ainsi il y a dix ans et vous vous attendrissiez comme tout le monde sur le sort des héros!

– Glaude, mon petit, il y a dix ans, j'étais loin de l'affaire, je buvais, je mangeais, j'avais de tout ce qui se consomme en abondance. Aujourd'hui, diable, il en va tout autrement et je dois réviser mon jugement. »

Il me regarde, yeux mi-clos, l'air goguenard.

« Je ne dis pas, continue-t-il, que les temps devenant meilleurs... » La fin de sa phrase agonise dans les rires et la conversation continue. L'heure s'avance; le litre se vide. Nous ne sommes buveurs ni l'un ni l'autre, au vilain sens du mot, mais nous sommes bavards et ripailleurs. Dans la région, on dit lôneur. Lôner, cela veut dire flâner agréablement, comme une rivière en terrain plat, entre deux rives verdoyantes et fleuries. Je n'ai pas toujours été un lôneur. Il fut un temps où, entre des crises de flemme, j'étais débordant d'initiative et de courage. Aujourd'hui, comment voulez-vous être courageux, en un siècle où toute activité est déviée de son intention et dirigée, bon gré mal gré, dans le sens de la guerre? On ne peut ni forger, ni couper du bois, ni extraire de la pierre sans travailler en quelque façon, pour elle. Il n'y a guère que le boire, le manger et le dormir qui soient inoffensifs. L'amour, l'amour lui-même est fauteur de guerre en ce sens qu'il est le plus sûr moyen de fabriquer des soldats, pour la prochaine. C'est en s'inspirant de ces saines observations que nous finissons les sardines fumées de contrebande, le morceau de fromage de fraude, en buvant le vin, le pauvre vin de notre ration. Après toutes les fariboles, histoires et plaisanteries d'usage, le père Bardot, mon beau-père, devient grave.

« Soyons sérieux », dit-il pendant que ma femme apporte sur la table le pavé de pain d'épice troqué contre du poisson, chez Philbée. Il se penche à mon oreille et me donne ses directives. Il s'agit d'aller chercher un sac de blé dans la forêt de Cîteaux, chez les moines qui l'échangent contre de l'huile de graissage. L'huile est là, chez lui, le blé est làbas, qui attend; à moi de faire le transport.

Tout le danger est pour moi; l'huile de graissage, c'est la prison, pour les moines et pour moi. Le blé, c'est encore la prison, pour moi et pour les moines. Danger à l'aller, danger au retour. Mais deux satisfactions profondes : frauder avec un monastère, pour la plus grande gloire de Dieu, et aussi (car la gloire du ventre compte), farine assurée et grain pour la volaille pendant deux ou trois mois.

L'affaire est conclue, l'itinéraire tracé, d'un revers d'ongle épais sur la carte, les points dangereux signalés et longuement étudiés; je partirai ce soir à la nuit prenante, je serai de retour de grand matin avant que les douaniers, gardiens, inspecteurs, contrôleurs et autres pille-gens ne soient sur les routes. D'ici ce soir je vais me livrer, corps et âme, à la douce fainéantise, ou feignantise, comme on voudra, bien que mon intention première ait été, on l'a vu, de bêcher et de jardiner. Toutefois, le jardin est de ces choses qu'on peut laisser travailler seules et mes pois n'en pousseront pas moins si je m'abstiens de les regarder trésir.

La journée, d'ailleurs, devait être agrémentée différemment que je ne l'avais prévu, car vers les dix heures du matin, alors que nous écoutions avec ravissement la chanson des abeilles dans le cerisier, Pataud, mon chien, se mit à donner de la voix. Quelqu'un montait le raidillon caillouteux qui conduit à ma porte.

C'était le Lazare, un truand de mes amis,

blessé de la dernière guerre, celle de 1914, amputé de la main droite, les fesses et les reins criblés d'éclats d'obus.

Ce brave homme était à mon beau-père ce que Sancho Pança était à Don Quichotte.

Malgré ses décorations, ses blessures l'avaient diminué de moitié et ses plus violents exercices étaient le jardinage et la cueillette des champignons. La gloire, celle qu'il avait moissonnée à pleine gerbe, et sa pension de six mille francs par an, gagnées toutes deux sur les champs de bataille, lui suffisaient à crever de faim et de froid. Il était silencieux, blond de poil, rouge de peau. Au bec, la pipe qu'il bourrait d'armoise sèche et de barbes de maïs ; sur la tête, rasée comme un œuf, sa casquette bleue de canalou et sur son dos, un de ces vieux vestons de chasse, usé, râpé, rapiécé, mais propre comme un chat.

Il arrive.

On l'assied, on lui serre la main ; il reste muet, il écoute en souriant les plaisanteries d'usage, il accepte le canon de vin et la collation de dix heures, que nous partageons avec lui, bien sûr ; il n'a pas encore dit trois mots.

Il a solide appétit. Il prend les sardines par la queue, rejette sa tête en arrière, ouvre le bec et hop ! il jette le petit poisson dans cette bouche violette de rouquin, large comme un entonnoir, et le beau-père rit de tout son cœur.

Lorsqu'il a bu et mangé, il nous ouvre son cœur : il n'a plus de bois, plus de charbon, plus rien et sa bourgeoise ne peut seulement pas faire bouillir un litre d'eau pour cuire trois patates.

Voilà une façon certaine de m'attendrir, il le sait, il en profite, il dit qu'ils mangent des carottes crues et que leurs boyaux se nouent sur leur estomac.

« Je vous aurai du bois, Lazare, je vous aurai du bois ! »

Je n'aime pas ces histoires de fringale et de privation. Je n'aurai jamais pitié d'un homme qui va nu-pieds, mais un homme qui ne mange pas à sa faim, voilà qui me révolte. Je lui couperai du bois dans un coin de forêt que je possède dans la montagne, je suerai sang et eau cet été mais voilà un homme qui pourra faire sa cuisine cet hiver et manger son comptant de bons ragoûts mijotés. Pour aujourd'hui, il viendra prendre une charretée du mien, il le mérite bien. Mais en revanche il passera sa journée dans mon jardin à bêcher, à tout remettre en état, car, tout compte fait, il fallait bien s'en occuper, de ce jardin, et voilà justement un homme qui va s'en charger.

Je dormirai donc à loisir, en vue de l'expédition de la nuit.

Chapitre 5

Voilà une bonne journée, passée à boire, à manger et à jaser sous mes pommiers en fleur. J'y pense encore en prenant la route, traînant mon fût d'huile sur le chemin du monastère. Bonne journée couronnée d'une aventure, à la nuit tombante, qui va me rapporter cent kilos de blé.

Jadis (il n'y a pas plus de trois ans), on achetait cent kilos de blé comme une boîte d'allumettes : « Voilà mes sous, donne-moi ton blé », et je te roule mon sac dans ma carriole, sur toutes les routes de France et de Navarre !

Se donnait-on même la peine d'acheter du blé ? On allait au boulanger et là on avait autant de pain et de farine qu'on en pouvait porter, en payant, bien entendu. Aujourd'hui il faut se cacher si l'on ne veut pas crever de faim et rougir de honte si l'on a encore une mine qui vous fasse honneur.

J'en connais qui se sont laissé aller et se

contentent de leur ration de 300 grammes de pain, de leurs 10 grammes de graisse, de leurs 10 centilitres de vin et de leurs 10 grammes de viande par jour. Ils vivent comme des escargots, rentrés dans leur coquille, l'œil creux et terne, faisant la moue à une vie si bête, si laide, si menue.

Au diable une telle résignation qui ravale l'homme plus bas que la bête de trait!

Voilà quelles sont mes pensées en roulant mon fût d'huile de graissage sur la route du monastère.

Il fait gris. Les arbres fruitiers, déjà défleuris, verdissent comme des pistaches. Seuls les pommiers, nacre et velours, continuent à embaumer le soir.

Mon itinéraire est judicieusement choisi, il évite les grand-routes et les villages, il fait de longs détours dans les champs et les bois et je ris à haute voix des bons tours que j'aurai, à la police, joués.

Passé le village de Dômois, dans les vergers, j'ai une émotion. Sur la route, là-bas, deux silhouettes se détachent sur le fond brumeux de la montagne de Gevrey. Deux képis, dont les visières brillent, deux baudriers dont ces gens-là se ceignent les reins comme d'un harnais, deux chiens de garde préposés à troubler et gâter le plaisir de leurs semblables.

Je glisse mon attelage sous une haie de clôture et je sors de ma musette un petit casse-croûte que la bourgeoise, qui me connaît bien, m'a donné pour me remonter, en cas de grand épuisement.

Assis sur le bord de la route, à cent mètres de ma cachette, j'ai l'air d'un paysan qui flâne, à la brune, ou d'un jeune gaillard qui attend une bonne amie.

Mes pandores s'approchent lentement, gênés par leur uniforme en drap trop raide. Les voici près de moi. Quels beaux costumes ont-ils, ces vendus! Quel beau drap, quels beaux cuirs! Alors qu'il m'est impossible de trouver des souliers pour mon dernier et que nous allons cul nu depuis bientôt deux ans!

Les voici qui passent près de moi. Je les salue, par goguenardise.

« Bonsoir messieurs! La chasse est bonne? »

Ils me regardent puis, voyant que je gouaille, ils me répondent :

« Bah! drôle de métier, allez!

– Qui vous oblige à le faire?

– Il faut bien vivre!

– D'accord, mais faites comme moi : fraudez. »

Ils descendent de bicyclette et, s'approchant de moi :

« Vos papiers! »

Toute leur hargne est revenue, drôlement pimentée de curiosité et de servilité.

J'exhibe mon livret militaire qui n'a plus de valeur, puisque l'armée française est dissoute, fondue, évaporée, comme beurre en casse.

« Livret militaire ? » dit le vieux, la poitrine toute bardée de décorations. « Savez bien que ça n'a plus de valeur !

– Plus de valeur ? Plus de valeur ? Alors c'est pour rien qu'on a été volontaire pour le baroud marocain ? Pour rien qu'on est allé planter le drapeau français chez les salopards ? »

Le brigadier, rejetant son képi sur la nuque, reprend à ce discours une figure civilisée. Ce n'est pas sans raison que j'ai fait flotter, dans ma réplique, ce fameux drapeau français. Ces sortes de brutes, lorsqu'on les gonfle avec des grands mots, prennent des airs de coq qu'une poule chatouillerait entre les cuisses.

« Maroc ? Quelle année ? Quel coin ? »

Un souvenir de tuerie et voilà mon chien de garde amadoué, voilà mon mercenaire réduit à merci. J'en profite et je lui cite mes campagnes puis : « Alors, c'est pour rien qu'on a été deux fois blessé et qu'on a versé son sang pour la France ? »

Le grand mot est lâché. Mes deux compères en pleureraient dans leur képi. L'aîné feuillette mon livret, distraitement. Toute son aigreur est tombée sous le coup des mots magiques qui, depuis des temps immémoriaux, anesthésient les hommes et leur font perdre la raison au point de les aller faire tuer, le sourire aux lèvres.

« C'est bon, dit-il, passe pour cette fois mais... »

Il grogne pour finir sa phrase puis, tout à coup, son œil devient rond, sa bouche tordue, la salive lui vient à grand flot sur la langue.

« Diable! fait-il en montrant mon casse-croûte, vous ne vous privez de rien, vous avez du beau lard et quel beau pain! »

En effet, mon épouse adorée a couché entre deux tartines de pain blanc, qu'elle a fait de ses mains, une aimable tranche de jambonneau, ouatée de lard. Je réponds :

« De la belle marchandise, oui! Ça vous plairait d'en avoir un morceau? »

Je prends plaisir à voir leur tête, ils se regardent, se méfiant l'un de l'autre au fond, en bons agents de l'ordre, habitués à la discipline militaire et à la délation administrative.

« Allez, leur dis-je, partageant en deux mon casse-croûte, allez prenez, je vois bien que vous n'avez pas mangé de si bonnes choses depuis longtemps! »

Ils hésitent.

« On aurait peur de vous priver! »

J'éclate de rire :

« Me priver? Ha, ha! en voilà une bien bonne! » et je sors de ma petite musette une tartine de fromage gras dans laquelle je mords de bel appétit.

Nous voici assis tous trois sur le talus, à cent mètres à peine de ce fût d'huile qui me vaudrait la prison. Mes deux gendarmes mangent en silence, soûlés par ce bon parfum de lard et de pain frais. Je leur offre à boire de mon vin. En réalité, je suis navré de voir de si bonnes choses tomber en d'aussi viles panses et des bouches vénales déguster un lard aussi franc. Je me réjouissais tant à la pensée de manger ce casse-croûte que je viens de partager entre mes deux gendarmes! Mais, par-dessus tout, faut-il le dire, je jouis sans vergogne de voir ces deux loques d'âmes, ces deux pauvres âmes sans lumière, ces deux pauvres âmes esclaves, ramper si platement aux pieds d'un fraudeur. Joie sans égale qui vaut, en quelque sorte, celle de bien manger; joie du Bourguignon aussi qui peut regarder ce tableau, les yeux plissés d'ironie.

« Est-ce à votre goût?

– Vous le demandez? Voilà qui va nous donner des jambes pour continuer la tournée.

– C'est très bien ainsi.

– Il nous reste à vous remercier.

– Attendez au moins d'avoir roulé une cigarette », leur dis-je en leur présentant ma blague remplie d'un beau tabac de contrebande qui vaut, en certains coins, plus de deux mille francs le kilo. Les voilà donc qui roulent leur cigarette entre leurs doigts de feignants.

« Voilà une bonne soirée, dit le jeune.

– A votre service ! Il faut bien s'entraider. »

Un silence suit. Silence gêné de la part des argousins. Ils savent bien qu'en me questionnant un peu on trouverait des reproches à me faire. Silence amusé de mon côté.

« Bonsoir.

– Bonsoir, messieurs. Allez, croyez-moi, quittez ce métier et fraudez comme moi. Vous auriez ainsi du bon lard tous les jours. »

Ils rient, emportant en leur bedaine un peu de ma libre et saine joie.

J'ai bien fait de régaler mes deux gredins et de me gausser d'eux, car le bon moine hôtelier a fait frigousser dans une poêle trois œufs frais dans une flaque de beurre :

« Je vous attendais, m'a-t-il dit, j'étais en souci : je craignais qu'on ne vous ait inquiété en route. »

Je lui raconte mon histoire et c'est merveille de l'entendre rire de ce rire enfantin de clerc.

« Mangez, mon enfant, mangez, pendant que le père économe va venir s'occuper de votre fût. Vous devez être fatigué ! »

Je lui avouerais bien que j'ai passé, en vue de ces fatigues, ma journée à dormir et à ripailler, mais je préfère tirer parti de ma maigreur de vieux cep et prendre un air las. Le subterfuge me réussit toujours et je crois bien que je suis passé maître en grimaces car voilà mon cher moine qui charge la table d'un gros fromage, d'une motte de beurre et d'un pot de miel.

« Mangez, mon enfant. Vous avez bien du mérite et du courage de faire ces transports délicats.

– Certes, mon père, il faut bien nourrir mes pauvres petits, mais ne suis-je pas coupable devant Dieu et devant les hommes ? »

Le bon père lève les yeux au ciel puis son regard descend vers le sol.

« Je ne crois pas, mon fils, que votre péché soit bien grand, et la miséricorde de Dieu est infinie.

– Elle n'a d'égale que la bonté de ce fromage, mon père. »

Dieu ! quelle belle invention que les cisterciens qui vous fabriquent de tels laitages !

Le père économe vient d'entrer. C'est un ancien officier d'ordinaire, touché par la grâce après un veuvage précoce. Il a quitté le drap militaire pour la bure monacale, le mot de passe pour la règle : un maniaque de l'uniforme et de la discipline et, à ce titre, il me déplaît. Comme tous ces gens épris de rigueur et de consigne, il est plein de morgue et d'arrogance. Le mot d'« armistice » le met en rage et il nourrit, pour l'ennemi héréditaire, une haine bien chrétienne.

En deux coups de crayon il calcule ce qu'il me doit et me tend quatre cents francs, quatre beaux billets neufs.

« Je ne veux pas de votre argent, vous le

savez bien, lui dis-je, puisqu'il est convenu que vous me livrez un sac de blé.

– Je ne suis pas au courant.

– C'est pourtant le marché conclu.

– Je regrette.

– C'est bon, je remporte mon huile. Je ne savais pas qu'un moine avait deux paroles, comme un vulgaire militaire. »

Il s'en faut de peu que le capitaine enfroqué ne me prenne à la gorge.

« Que voulez-vous dire ?

– Je veux dire que l'on ne peut pas mieux se fier à un moine qu'à ce gendarme que j'ai rencontré tout à l'heure sur la route. »

Je me suis assis pour terminer le petit repas que ce bon père hôtelier m'avait préparé. Pour lui faire plaisir je lui dis :

« Votre fromage est meilleur que votre économe, il tient ce qu'il promet. »

Sur cette boutade, l'économe est parti, et le père hôtelier m'encourage.

« Mangez, mon enfant, mangez ! » me dit-il.

Le cher homme ! à peine ai-je goûté au miel qu'il m'apporte, en cachette, un verre de vin en me disant :

« Bien que ce soit le carême, buvez ceci mon enfant, vous avez besoin d'être remonté. » C'est un passe-tout-grain de leurs vignes, fabriqué proprement et soigné à merveille. Loin d'être un grand cru c'est néanmoins un noble breuvage qu'on peut siroter sans prostituer son palais.

Je suis en train de boire mon deuxième verre lorsque l'économe revient dans le petit office où je suis installé :

« Monsieur, me dit-il, excusez-moi, vous aviez raison, c'est bien d'un sac de blé que je dois payer votre commission. L'erreur provenait de ce que le marché avait été convenu avec le frère Augustin, mon collaborateur, qui ne m'en avait pas averti.

– J'espère que vous allez lui foutre quatre pains ! » lui dis-je.

Il rit, d'un rire de roué trempé dans l'eau bénite. Décidément je n'aime pas ce transfuge de poste de police, ce gradaillon ensoutané qui, si je m'étais laissé faire, frustrait bel et bien mes enfants de cent kilos de blé.

« Si vous voulez prendre livraison de la marchandise, suivez-moi. »

Nous descendons dans le courtil, il fait une belle nuit claire, pleine d'étoiles, nous traversons un cellier bien garni puis, dans un petit magasin à grains, je me range le long d'une banquette et, avec une vigueur et une sûreté de main étonnantes, mon moine-officier charge les cent kilos de froment dans ma remorque.

« Bravo, capitaine froc, lui dis-je, vous êtes un athlète. »

Il me tend la main.

« Bonsoir, mon fils, et faites bon retour !

– Bonsoir, mon père. »

Puis, me prenant par la manche :

« Mais pour l'amour de Dieu, si l'on vous rencontre en chemin, ne dites pas d'où vient ce blé.

– Du moment que vous prenez mon mensonge sur votre conscience », lui dis-je.

Puis il disparaît, dans le froufrou de sa robe épaisse. Je reviens à l'hôtellerie où le moine cuistot m'attend, le sourire aux lèvres :

« Vous n'allez pas partir ainsi, dans la nuit, car le couvre-feu est sonné depuis longtemps, me dit-il. Je vous ai préparé un lit dans le dortoir de l'hôtellerie, vous y serez seul, et je vous réveillerai demain matin, au retour de matines, il vous sera temps alors de vous lever et de partir. »

Il a pris ma main dans les siennes et me dit :

« Auparavant, buvez donc un petit verre de notre vieille prune. »

Le petit verre était là, tout prêt, dans un placard bien propre où le père hôtelier l'avait versé en cachette. Je le prends :

« A la vôtre!

– A votre bonne santé, mon enfant. »

L'aube est comme un lait qui coule de l'est, dans le ciel, lorsque le père hôtelier me réveille doucement.

« Mon enfant, nous venons de chanter matines, vous pouvez vous lever si vous voulez arriver chez vous avant que la police soit sur les routes. »

Je saute hors du lit, je barbote dans une auge d'eau froide et je suis prêt à partir lorsque l'hôtelier me prie d'entrer dans la cuisine. Un bol de lait m'y attend avec des tranches de pain de ferme. Pour un peu, je pleurerais.

« Vous vous damnez, mon père, vous vous damnez à me tenter de la sorte en plein carême.

– Que voulez-vous, mon petit, un père de famille ne doit pas vivre de privations comme un moine, il doit se contenter d'accepter les sacrifices paternels, Dieu n'en demande pas davantage. »

Comme son sourire est doux lorsqu'il dit cela, le bon père, comme on a plaisir à profiter de toutes les choses de la création, y compris le fromage et le bon vin ! Ici, près du père hôtelier, rien n'est suspect, rien n'est méchant. On se croirait revenu aux temps de simplicité où l'Église était l'asile, le seul asile, et marchait avec aisance sur la tête des rois et des empereurs.

« Lorsque vous viendrez par chez nous, lui dis-je, montez donc à ma cabane, vous y ferez la connaissance de mes enfants.

– Vous savez bien, mon fils, que je ne quitte jamais le monastère, et c'est beaucoup mieux ainsi. »

Au moment d'atteler ma remorque à ma bicyclette, dans le petit jour, je m'aperçois qu'un panier est dissimulé sous une brassée de luzerne, à côté du sac de blé. J'interroge le père hôtelier du regard. Il dit :

« Partez, partez vite, il vous faut être arrivé avant le lever du soleil.

– Mais d'où vient ce panier?

– Je vous ai mis quelques douzaines d'œufs et un de nos fromages que vous aimez tant. Allez, allez! et rapportez-moi le panier un de ces jours.

– Je reviendrai, c'est sûr, mais priez bien, mon père, pour mon petit sourd-muet.

– Je n'y manquerai pas. »

Et me voilà parti dans l'aube hostile.

Chapitre 6

Mon retour se fit sans encombre et j'espérais, en arrivant, me remettre de mes émotions en faisant une petite collation suivie d'un bon somme. Je voyais déjà, en imagination, la petite table garnie, dans le coin de la cuisine, et la patronne, souriante, blottie auprès, toute joyeuse à la pensée du régal qu'elle m'offrait, car cette femme, voyez-vous, n'a de plaisir que mon bien-être et c'est une bénédiction que cette brunette-là. Je voyais une assiette bien garnie, en compagnie de fourchette et couteau, digne assemblée présidée par mon verre, personnage ventru que je plains quand il est vide et que je vide quand il est plein, selon la formule, et, ainsi alléché par ces images, je montais drûment le grépillon qui monte chez moi, suant sous le premier soleil.

Au tournant du chemin je vois, tel un gros sac mal ficelé perché sur deux douves de tonneau, notre ami Lazare qui me précédait :

« Pourquoi diable est-il si matinal? » pensai-je. Et je forçai le pas pour le rattraper. Il m'entendit et s'assit pour m'attendre sur l'herbe qui borde les murs des clos. Il suait, le cher homme, encore plus que moi.

Et nous voilà tous deux, conversant, rejoignant la maisonnette où je subodorais de réjouissantes et réconfortantes agapes. Pourtant, l'air mystérieusement réjoui de mon rougeaud de Lazare m'intriguait.

Nous voici devant le portail que j'ouvre, selon mon habitude, avec un crochet de bois en guise de clé, qui est habituellement caché, à mon usage, dans un trou de la muraille. A peine le vantail s'est-il ouvert, en grognant comme une vieille truie, que je vois, dans le fond du verger, par-delà mon jardin, des hommes qui vont et viennent. Au-dessus des cerisiers, une petite fumée bleue s'effiloche, incertaine. Au même instant les marmots, qui m'attendaient au chaud en raison de l'heure matinale, débondent de la cuisine comme un vin pétillant qui fait péter le bouchon et les voilà qui me sautent au cou, l'aîné le premier, la fille Claudine en second, et le petit François enfin, qui pleure de passer ainsi après les autres.

C'est lui que je prends dans mes bras (ne faut-il pas le consoler d'avoir les plus petites jambes?) puis la femme vient, nous nous embrassons tous, c'est une belle fricassée de museaux, je vous assure!

« Enfin, dis-je à ma femme après les baisers, quels sont donc ces péteux qui piétinent si joliment mon avoine et ma luzerne, là-bas, au fond du clos ? »

Ma femme ne répond que par un sourire.

« Ne serait-ce pas que mes abeilles ont essaimé ce matin et que ces gens-là les enfument pour mieux les capturer ? »

Ma femme rit de plus belle. Je me retourne vers Lazare, pensant le trouver derrière moi, bonasse, en bon Sancho qu'il est, mais point du tout. Lazare s'est esquivé en se dandinant, traînant ses savates, et je le vois se mêler au groupe de pille-avoine qui s'agitent sous les cerisiers. Je sens la moutarde me monter au nez.

« Enfin, dis-je à ma bourgeoise, vas-tu me dire quel est ce rassemblement ? Notre bourrique est-elle morte d'un coup de sang et ces gens-là l'encrottent-ils ? Est-ce un complot ? »

En riant à perdre le souffle ma femme répond :

« Vas-y voir. »

A grandes enjambées me voilà parti.

Ils sont au moins cinq, ou même six. Le gros Lazare s'est joint à eux et j'en vois un, accroupi, qui alimente, avec mon bon fagot, un petit feu sous une grosse marmite. Tout à coup, je vois enfin mon beau-père, l'âme de l'émeute, le chapeau rejeté sur la nuque. Sa figure est aussi rouge que le brasier et je le vois qui hume un liquide dans un de mes verres ; il le passe aussitôt sous le nez de tous ses acolytes qui, religieusement, ferment les yeux et hument en silence. Ce rite accompli, il boit une gorgée de ce liquide et, de la même façon, chacun boit à son tour. On dirait d'une liturgie, un druide gaulois entouré de ses fidèles.

Ils sont cinq, en effet, avec mon beau-père.

Lazare d'abord, puis le Bastien, un petit homme dont les cheveux et la peau sont blancs comme le linge que bat sa femme, au lavoir, à longueur de journée. Le Charlot, hâve et coupante figure d'oiseau, dont par ailleurs j'ai déjà parlé. Enfin deux hante-bistrot que je connaissais bien, brigands de bon aloi qu'il fait bon connaître dans les temps difficiles, hommes au collet ou au trémail facile, et au gosier toujours sec.

L'approchant, je n'ai plus de doute. Cette chaudière, c'est un alambic, cette anse, c'est le col de cygne, et ce seau d'où monte une vapeur légère, c'est le refroidisseur, et ce bruit cristallin de source c'est le murmure de l'eau-de-vie qui pisse par la golotte dans un broc où trempe le pèse-alcool.

La fureur me prend. Au moment où le beau-père se lève, un verre à la main, pour me l'offrir, j'éclate :

« Voyez-vous pas ces bandits qui viennent distiller leur cochonnerie chez un père de famille ! Voulez-vous donc me faire fusiller et mettre mes enfants sur la paille ! Si vous voulez distiller, installez-vous chez l'un ou chez l'autre mais pas chez moi... »

Mon beau-père, avec son calme narquois, me répond :

« Si tu ne veux pas coucher en tôle, commence donc par ne pas crier si fort, c'est toi qui vas te dénoncer ! »

C'était vrai. Je me tus.

Puis mes six gaillards avaient une si bonne mine, des yeux si brillants, si plissés, si coquins, leur nez était si rouge que je me sentis envahi par une grande indulgence.

« On a bouilli toute la nuit, me dit le vieux, la repasse sera finie dans un quart d'heure, et nous décampons, mais pense donc que ces deux bougres-là m'avaient trouvé trois feuillettes de genne toute prête, de bonne genne de grands vins, une fine genne bien bouchée d'un tampon de terre, ç'aurait été un crime d'envoyer ça à la réquisition pour en faire de l'alcool industriel...

– Pour les avions ! affirme un des soiffeurs.

– Pour bombarder les pauvres gens, ajoute Lazare.

– Oui ! reprend le grand-père, pour bombarder les pauvres gens, parfaitement, et nous avons détourné ce délicieux breuvage de sa destination criminelle ! »

Le beau-père est dans ses jours d'éloquence. Il a la parole facile et l'emphase à fleur de peau, et je comprends maintenant pourquoi ce gueux de Lazare était si matinal.

La verve du beau-père ne tarit pas plus que cette eau-de-vie claire qui embaume, dans le broc.

Ce langage me réconcilie un peu avec mes fraudeurs. Après tout, je le sais, il vaut mieux marier cette eau-de-vie avec des gosiers et des estomacs d'hommes conscients et organisés qu'avec des moteurs de machines dont le but est de tuer la jeunesse européenne.

« Diable, leur dis-je, vous avez bien fait de saisir l'occasion, mais vous auriez pu me prévenir.

– Impossible, c'est hier soir à onze heures que le Jules est venu s'arrêter devant chez moi, avec sa voiture, pour me dire : " J'ai là-dedans cinq feuillettes de pépins, distillez ça en vitesse, la moitié pour vous. " Je ne pouvais pas refuser.

– Vous auriez pu choisir un autre endroit, c'est trop risqué pour moi. » En parlant, j'ai pris un verre et je le trempe dans le broc pour goûter cette denrée de contrebande. Oh ! je le fais d'un air indifférent, la figure encore toute plissée de courroux. Je porte le verre à mon nez.

« Vous auriez pu aller faire votre saleté ailleurs plutôt que de venir piétiner mon avoine et écraser ma luzerne ! »

Je hume.

« D'autant plus que vous brûlez mon fagot, bande d'ours, et brûlez mes cerisiers ! »

Je porte le verre à mes lèvres et je bois.

Ah! que j'ai eu tort de rudoyer ces gens-là! Que j'aurais dû, au contraire, les remercier d'avoir choisi, que dis-je? de m'avoir fait l'honneur de choisir mon clos pour faire cette cuisine!

Néanmoins, je ne veux pas me dédire en les félicitant. Ils sont tous là, silencieux, l'œil fixé sur mon œil, l'oreille attentive.

« Alors, qu'en dis-tu?

– Elle est bonne, dis-je, elle est bonne, on est obligé de le reconnaître, mais permettez-moi de vous dire que je la trouve un peu saumâtre. »

Je suis vaincu, gagné par cette atmosphère de ribotes, et j'entame aussitôt, à la deuxième gorgée, le cantique de liesse pendant que le beau-père, caressant de la main l'alambic, me regarde en souriant.

Enfin tout s'arrangea si bien que, l'opération étant terminée, ils s'en vinrent tous s'asseoir chez moi, pour goûter plus à loisir le produit de leur industrie, et je suis contraint, si je veux être bon historien, de vous faire encore un récit de table, je m'en excuse, mais je me ferais scrupule de passer sous silence d'aussi bons moments.

Toute la collation que ma femme me destinait devint insuffisante pour sept gosiers rafraîchis par une eau-de-vie nouvelle. Le saucisson y passa, le jambon diminua de moitié, ma femme ouvrit un bocal de cerises à l'eau-de-vie, car, si elle n'était pas émoustillée, elle prenait grand plaisir à voir, autour de moi, une tablée d'hommes en bon état, et jamais je ne l'entendis geindre d'avoir trop de vaisselle à laver, au contraire, on croirait qu'elle prend plaisir à exciter nos appétits en multipliant les plats et les verres. Je la donne en exemple à toutes les femmes qui me liront.

Bastien, plus pâle que d'habitude, avait perdu, dès les premières escarmouches, sa dignité. Il ronflait et mon beau-père le regardait avec sévérité en disant :

« Regardez-moi ça, si ça n'est pas malheureux ! »

Mais hors ce dormeur, tout le monde avait la glotte déliée, je vous assure, et les histoires allaient leur train. Chacun racontait une aventure personnelle en l'épiçant, naturellement, de traits imaginaires, ce qui est bien permis lorsqu'on poursuit le but de distraire les convives et que la bonne chère vous échauffe agréablement l'imagination.

Elle n'échauffe pas que cela, j'ai remarqué que l'estomac plein donnait parole d'or et que la générosité suivait sans conteste la satisfaction du ventre. Entre deux gaudrioles les transactions allaient leur train. Les deux nervis se firent fort de procurer un cochon, bien en lard, vivant et sain, à qui voudrait. Nous les prîmes au mot et bientôt il fut convenu qu'un porc nous serait livré, huit jours plus tard, dans le bois du Tuet, mais comme nous avions parlé, un peu promptement je l'avoue, de l'essence pour celui qui nous procurerait de la venaison, ils réclamèrent, en paiement de leur bête, une certaine quantité d'essence, ce qui nous parut juste et équitable. Ainsi un marché nouveau prenait corps, qui nous assurait un saloir plein pour de longs mois.

Lazare, qui, en tout, venait bon dernier, réussit quand même à s'introduire dans l'affaire en proposant ses services, qui furent acceptés. Il fut convenu que ce serait lui qui transporterait le fût d'essence jusqu'au cellier désigné, et, le jour venu, c'était lui également qui devait se rendre dans le bois du Tuet pour prendre livraison du cochon que mes deux brigands devaient dénicher Dieu sait où!

Bastien ronflait toujours, pendant ces pourparlers, mais nul doute que, s'il eût été éveillé, il n'eût réclamé aussi sa part de la bête, et ainsi, en peu de temps, l'animal eût été partagé en cent, en mille, tant l'eau-de-vie de contrebande donne d'entregent et de sociabilité.

Enfin Lazare se plaignit de n'avoir plus de farine, je lui cédai à vil prix une partie de mon blé, si dangereusement acquis, en l'invitant à le moudre en grand mystère dans son moulin à café.

Lorsque tout ce monde-là se leva, j'avais distribué un peu de tout, de la goutte à l'un, du blé à l'autre, du bois au troisième, mais j'étais riche en promesses et en satisfaction car la joie de tous, emportant leur butin, m'inondait de bonheur et bien des misères furent effacées de ma vie lorsque j'entendis, de l'autre côté du mur, nos quatre amis qui s'en allaient, dire avec conviction :

« Ça, c'est une bonne maison. »

Lorsque l'effet de la goutte fut passé, en mon esprit, il m'apparut que j'avais donné beaucoup trop, en échange de trop de promesses. Il fallut donc envisager, de sang-froid, le problème dans son ensemble, ce qui m'absorba un instant au point de me lasser et je m'endormis pendant que le beau-père continuait la dégustation non point en ivrogne mais en distillateur averti qui juge et compare, à seule fin d'améliorer sa technique. Il arrive que la science ait de ces exigences! Ma femme lui fit gentiment le reproche de s'adonner trop inconsidérément à ces recherches et, peut-être, d'y perdre sa santé. Je l'entendis, dans mon demi-sommeil, lui répondre qu'il se dévouerait ainsi, jusqu'à la mort s'il le fallait, et même plus loin, pour améliorer le sort, le triste sort de l'humanité guerroyante et discourante. J'en étais tout ému. Pourtant ma femme ne parut pas enthousiasmée par cet idéal-là. Pour répondre elle eut des allusions si nettes à des gens réputés pour leur sordide intempérance que le vieux n'y tint plus et crut bon de plaider sa cause de la sorte :

« Je serais tuberculeux, tout le monde me plaindrait. On dirait : “ Pauvre homme, sa mère, qui était phtisique ou pulmonique ou laryngique, sa mère l'a fait ainsi ! ” ou bien on dirait : “ Ça vient de famille ! Quel malheur qu'un si bel homme soit hypothéqué de la sorte par les maladies de ses parents ! ” J'entends d'ici les jérémiades des bonnes femmes !

« Je n'ai pas la chance d'être poitrinaire, mon atavisme, à moi, c'est la pépie et la gourmandise ; mon père m'a donné cela en même temps que le reste, et il le tenait de son père qui le tenait lui-même d'une lignée de vignerons. La maladie est de longue date dans la famille, elle n'est ni contagieuse, ni répugnante, ni purulente, ni postillonnante, ni geignante, ni larmoyante, mais elle n'en est pas moins accrochée à notre sang et transmissible de père en fils. Croyez-vous qu'on me plaint pour autant ? Que non pas ! On m'accable, on m'écrase de mépris et ma fille la plus sensée me morigène comme ma femme ! Quand comprendrez-vous donc que tout cela est injuste ?

« Au demeurant, suis-je très atteint ? Je ne le crois point, on ne me voit ni tituber, ni hoqueter, ni bêtifier, je reste digne et maître de moi ! mais bon Dieu c'est dans ma race d'aimer le vin et les alcools bon goût, et s'il plaît à ton homme d'écrire tout ce qu'il pense et de sculpter des bonnes femmes dans des morceaux de noyer, c'est par sensualité, parce qu'il aime le goût, le parfum, le velouté du bois, parce qu'il jouit de tout ce qui l'entoure mais moi, c'est par le palais que je communie avec la création, rien que par le palais... »

Lancé sur ce sujet, il devait parler près d'une heure; aussi ma femme l'avait depuis longtemps planté là pour torcher les derrières des petiots et astiquer la suspension que j'ai faite d'un baril de deux litres, pendu au plafond, et duquel sortent deux robinets d'où coule l'ampoule qui verse la lumière.

Une douce paix enveloppait toute chose.

Chapitre 7

Cette vie peut sembler douce et pourtant, de temps en temps j'ai de la fatigue.

Las de courir sur les chemins, les sentiers, à traîner des produits de contrebande. Las de traquer Lazare pour lui faire bêcher, à ma place, mon jardin. Las de jaser avec tant et tant de gens dont certains n'ont pas une once de bon sens.

Rien ne vous brise comme d'écouter les nouvelles d'une guerre longue et sanglante, rien n'obsède comme les voix larmoyantes des uns et des autres qui, pour vous vendre leurs marchandises plus chèrement, se plaignent, que dis-je? se lamentent, d'avoir été pillés par les émigrés et par la troupe, saignés par les réquisitions, vidés de leur moelle par les exactions les plus honteuses.

Braves gens de peu de mémoire, que je sais donc bien ce que c'est qu'une troupe qui rase et tond un pays comme une harde de corbeaux ravage un blé qui lève! Que je sais donc bien ce que vaut le soldat, pour l'avoir été moi-même, lorsque je luttais, pour la plus grande France, en Afrique, et si quelques filles ont été troussées, en sera-t-il jamais troussé autant que par nos vaillantes armées ?

Non. Les pleurants me lassent. Leur mauvaise foi et leur hypocrisie me désolent et me jettent dans une grande colère. De vouloir trop faire le saint on en arrive à faire la bête et c'est être aveugle que de ne voir que le mal que fait l'autre. Hélas ! que de pays, où jamais ne passèrent les Allemands, qui furent néanmoins pillés par de bons patriotes ! Que de villages où jamais de troupes on ne vit, depuis la défaite, et où les filles sont toutes mères, ou près de l'être, parce que dans la bourgade niche une brigade de valeureux gendarmes !

Bref. Je crois que là-dessus il n'en faut pas trop dire, de peur que la honte ne nous assaille, nous les premiers. Je n'en suis pas plus fier pour autant, bien que m'étant efforcé de toujours me conduire en chrétien.

Quoi qu'il en soit, je suis las, je le répète, de tant de fausseté et de tartuferie. On donne aux autres des leçons de morale et l'on est soi-même pillard, soudard et pire. On gémit sous l'étreinte et, lorsqu'on a soi-même la main au collet de son frère, on serre, on serre, on serre jusqu'à l'étouffement. Aussi peu me plaît de recevoir à ma table tous ces gens, geignants et meurtris, qui sont tous, lorsque se présente l'occasion, plus brutaux et plus charognes que les autres; aussi je m'enferme aujourd'hui! Je ferme le portail et je mets la barre en travers des battants. Fuyez! Éloignez-vous! Et ne me cassez pas les oreilles avec des griefs que vous nommeriez plaisanteries si vous les eussiez allumés!

Point n'entreront chez moi, aujourd'hui, les menteurs, les mauvais, les Sarrasins. Je veux rester seul avec ma colère contre tout le genre humain!

Aussi je prépare un mode de vie, pour la journée, qui va me laisser en tête à tête avec d'aimables personnes et d'agréables choses.

Au petit jour je descends au cellier. Il m'est venu l'envie de manger une potée de chez nous et, si la chose plaît à ma maîtresse, d'y mettre, en parties égales, un morceau de lard, de ce lard clandestin qui me vaudrait d'être pendu, et un bon quartier de jambon. Tant qu'à se mettre en colère, mieux vaut y mettre le prix!

Ce cochon que j'ai tué il y aura quatre mois m'aura bien consolé des hommes, et il est grand temps que je m'en procure un autre, pour assurer au premier, en mon saloir, un successeur. Je sais bien qu'il me reste, pour cela, un fût d'essence à trouver et j'ignore encore de quelle façon je me le procurerai. Peu importe pour l'instant, je veux me purger de ma rogne et je suis prêt à y mettre le prix. C'est pourquoi je passe en revue, longuement et amoureusement, les provisions entreposées dans mon cellier dont chacune, il est vrai, m'a coûté son pesant de sueur.

J'invite aussi ma femme à choisir parmi les poulets de son élevage (nous en avons quatre) celui qui lui semble être le plus digne de la fricassée. Enfin nous sortons, sur le pétrin, un sac de farine blanche comme les boulangers n'en ont pas vu depuis trois ans.

Ma femme est le bon prêtre de ce culte que j'ai voué à la bonne chère et je n'ai jamais vu officiant plus édifiant. Il faut la voir vous malaxer une pâte, la rouler, l'aplatir vigoureusement, puis la reprendre avec amour pour la caresser d'une façon tendre et voluptueuse, puis la coucher à nouveau sur un lit de farine et la bourrer amicalement des coups de ses poings charnus, puis enfin, la prenant à pleines mains comme elle le ferait avec un de ses enfants, l'élever au niveau de sa noire chevelure et la jeter sur le couvercle du pétrin qui résonne joyeusement.

Belle et joviale liturgie, dont pas un geste ne doit être omis et qui se déroule devant moi pendant que, ayant saigné prestement mon poulet, j'expurge de sa carcasse béante une tripaille chaude et parfumée que guette mon chien, bavant de concupiscence.

Ces rites préparatoires à la cérémonie ont

une grande influence sur les glandes, qu'elles soient salivaires, hypophyses ou autres, ainsi que sur la matière grise. On sent qu'une grande chose se prépare.

Autour de nous rôdent les marmots, dressés sur le bout de leurs pieds pour mieux voir sur la table l'autel où se déroule cet office. Ils volent des petits morceaux de pâte qu'ils mangent en cachette après les avoir roulés dans leurs mains sales. Et de tout ce mouvement se dégage une vertu apaisante qui vaut mieux, pour guérir de la lassitude, que n'importe quelle médecine.

Le souci déserte notre huis. De la vie ne nous reste que la fleur, la fine fleur, blutée au tamis du bien-être et pimentée par le malin plaisir de faire la nique au vent adverse. Il me semble que mes contemporains ne sont, à tout prendre, pas si mauvais que je ne le pensais. Une joie secrète me gonfle le cœur et me voici occupé à regarder mes trois enfants, qui jouent parmi les iris et les tulipes dont ma femme a parsemé le jardin.

Je les vois, mes marmots aimés, tous trois drus et riants, comme notre amour qui les fit. Je les regarde avec passion, les caressant à chaque fois qu'ils passent près de moi, surtout l'aîné, notre joli sourd-muet, qui a toujours été un peu gâté.

Le ruban, joliment noué, que ma Claudine a dans les cheveux, sautille entre les verdures comme un papillon précoce. Le parfum d'une potée qui mijote flotte dans les parages. Voilà qui va bellement me préparer à cette dure tâche qui consiste à rapporter en fraude cent quarante kilos de cochon depuis le bois du Tuet!

Tout à coup, je vois se dresser un grand diable d'Allemand, de vert vêtu, rouge de peau et clair de poil, les mains velues, planté devant moi dans la position que les militaires nomment le garde-à-vous.

Garde-à-vous allemand, garde-à-vous français, les deux seuls que je connaisse, donnent à l'homme le même air abruti, la même raideur de fantoche et tous deux m'écœurent pareillement parce qu'ils font de l'homme sensible et conscient une brute sans jugement et sans responsabilité.

Il était donc devant moi, grand comme un jour sans vin et épais, charpenté et charnu, trois fois lourd comme moi. D'un revers de sa main il m'assommerait sans férir. Pourtant, par deux fois je dois lui faire signe d'entrer et de s'asseoir pour le voir perdre sa raideur.

Il m'explique qu'il doit poser une ligne téléphonique par-dessus mon verger et qu'il me somme d'ouvrir mon portail afin que puissent entrer ses hommes et son matériel. Las! moi qui voulais me reclure pour la journée et passer mon temps entre mes aimés et mes framboisiers!

Voilà qu'en un instant mon jardin est envahi par une bande de grands diables, sérieux comme autant de papes et tristes comme des portes de casernes! Ils piétinent mes plates-bandes et effarouchent les poules. Ils apportent pelles et pioches, poteaux et rouleaux. Ils vont et viennent au milieu de mes semis pendant qu'un gros, armé d'une scie, hurle à tue-tête des mots que je ne comprends pas.

Tous ont l'air abruti, comme tous les soldats de la création, et j'ai cet état en si peu d'estime que je les prends en pitié, les pauvres.

Vraiment ils me font peine, car les voici auprès de mes enfants. Ils les ont montés sur leurs genoux ou sur leur dos et prennent, avec eux, leurs ébats. L'un surtout, un blondasse à lunettes, a pris mon petit François entre ses bras, il lui baise les bras potelés et le cou, il le respire voluptueusement et lui parle à voix douce, en allemand, et mon tout-petit lui répond, en français, et pourtant, comme ils ont l'air de bien se comprendre!

Ah! quel malheur de voir des hommes ainsi ravalés, exilés, déguisés, condamnés, rabêtis, punis, démunis, attristés, brinquebalés dans toute l'Europe, sans cesse caporalisés et raidis, sous le joug déshonorant d'une discipline aveugle et égalitaire! Combien moi, le vaincu, je suis plus digne et plus à l'aise! C'est en pensant à cela que je cherche des verres, les rince, les essuie, les remplis et invite du geste mes mercenaires à entrer à la cuisine, pour boire le vin d'un homme heureux.

Ah! mes frères! Quels yeux peuvent-ils avoir, quelles bouches peuvent-ils béer, à voir le poulet bardé, ficelé, la potée qui mijote, la pâte qui lève, pour le pain et la tarte et le fromage et tout ce train d'abondance qui précède habituellement les bons repas.

L'un d'eux me demande :

« C'est la fête aujourd'hui ? »

Je lui réponds :

« Que non, c'est un jour ordinaire, un petit repas de rien, une plaisanterie! »

Et les voici tous, buvant et s'extasiant sur la qualité de mon vin. J'en prends tant pitié que j'en pleurerais et que je leur verse encore et encore.

En une heure, à six nous buvons six bouteilles que nous apporte la bourgeoise, tout en sourire, à l'inverse des autres femmes. Chacun jase dans son langage, je ne les comprends pas plus qu'ils ne me comprennent, et pourtant nous sommes d'accord. L'eau-de-vie parfait l'œuvre commencée par le vin, et voici mes hommes en bel état, convaincus de s'en aller planter les poteaux dans le jardin du voisin. Ils partent enchantés de l'accueil, décidés à épargner mon bien et me donnant maintes accolades.

Pourtant, je n'ai pas encore tiré sur toutes leurs mamelles et, lorsque je leur confie qu'un peu d'essence ferait mon affaire, c'est les larmes aux yeux qu'ils m'apportent en grand mystère un bidon plein.

Que de braves gens sur terre avec qui, faute de les prendre par le bon bout, on doit se battre sans merci!

Voici ma porte refermée, ma tranquillité recouvrée et mon souci arraché en un tournemain. Vais-je enfin pouvoir assister en toute tranquillité à la cuisson de mon poulet?

Que non pas! Voici qu'on sonne à la porte.

C'est une femme. Son homme est prisonnier. Elle n'est pas de celles qui geignent, de sorte qu'elle nous plaît. On l'accueille avec beaucoup de gêne car, voyez-vous, on a toujours un peu honte de vivre au grand large, en liberté, parmi les membres de sa famille, lorsqu'on rencontre une femme dont le mari tourne et retourne, depuis plus de trois ans, dans un camp de prisonniers, comme un voleur, ni plus ni moins. Pour lui adoucir sa disgrâce, nous ne manquons pas de lui donner ce que nous pouvons. Je me cache de ma femme pour lui glisser du lard et ma femme se cache de moi pour lui donner des fromages et le miel de mes ruches, et tous deux, le soir, nous nous avouons, en pleurant, notre mutuelle cachotterie, en nous serrant bien fort l'un contre l'autre. Nous nous reprochons de ne pas encore assez faire, honteux de notre bonheur.

Après une bonne petite causette, la femme s'en va avec un morceau de lard et des pommes de terre en son cabas ; nous la rappelons pour lui glisser encore un de ces fromages qu'avant-hier le père hôtelier me donna, le cher homme.

La porte est à peine refermée sur cette pauvre femme que voici qu'on tambourine à nouveau sur le vantail. Une voix dit :

« Mais ouvrez, bon Dieu, quelle est cette nouvelle façon de recevoir les gens ? Avez-vous mis dans vos papiers de vivre porte fermée, comme les bourgeois bien-pensants ? Est-ce de cette façon-là que vous manifestez maintenant votre amour de la charité et de la bonne humeur chrétienne ? Êtes-vous des Bourguignons jovials ou des Arabes en leur fortin ? Il ne vous reste plus qu'à lâcher vos chiens aux trousses des gens et vous serez comme les riches ! »

C'est mon beau-père, qui aime voir les portes ouvertes au large et les tables toujours mises.

On lui ouvre.

Il entre avec sa carriole pleine, en suant, soufflant, maugréant, contre un gendre qui prend maintenant la fantaisie de fermer ses portes.

« Qu'attendez-vous pour y mettre une sentinelle, dit-il, un poste de garde et un adjudant ? »

Nous laissons donc cette porte ouverte. Je dois dire que je commençais à souffrir d'une si sage réclusion et que, sous je ne sais quelle influence, j'étais tenté d'aller jaser ici ou là. Le beau-père arrive à point pour m'en donner l'occasion et je ne manque pas de lui raconter l'affaire des soldats, des poteaux, en gardant pour la fin ce bidon d'essence qui, demain, nous vaudra un cochon.

Il rit et il rit tant qu'il doit sortir son mouchoir et s'en tamponner les paupières, larmoyantes de joie.

« Quelle belle leçon, mon fils! dit-il enfin, et quel plaidoyer en faveur du vin de Bourgogne qui fait d'un ennemi un ami dévoué! Quelle belle victoire de la belle humeur et de l'aménité!

« Voyez-vous, dit-il, j'ai tout dépensé, tout distribué, tout parsemé, dans ma vie, mais je ne m'en suis jamais repenti. Comme vous, j'ai régalé toutes sortes de gosiers, mais j'ai toujours été récompensé par les chansons qui s'en échappaient ensuite... »

Lancé sur ce sujet, il ne se lasse pas d'accumuler souvenirs sur souvenirs; il invente, s'il le faut, des anecdotes, dans son désir d'excuser sa prodigalité et de prouver l'excellence de ses principes. Son œil humide, son nez rouge, son bon regard, ses fins cheveux blancs lui donnent une physionomie truculente, émouvante, inoubliable, figure bien-aimée de vieux sage dont on parlera dans la famille comme on parle encore du grand-père Phili ou de l'oncle Daudi, du pépère Cadet, tous sortis de la même souche tortueuse, rugueuse, drue et chenue, qui plonge ses racines dans le passé bourguignon.

Chapitre 8

Le jour n'était pas encore annoncé par le lait qui coule, au matin, du levant, que nous arrivions, Lazare et moi, dans le bois du Tuet, traînant la carriole où le bidon d'essence, sous une botte de foin, se faisait de plus en plus lourd.

Lazare tirait et moi, mettant la main sur la ridelle dans les endroits les plus difficiles, je lui donnais l'illusion de l'aider, sans trop appuyer toutefois. N'était-il pas juste qu'il fournît, lui aussi, sa part de travail dans cette affaire? A l'heure dite, nous étions encore à plus de deux kilomètres de l'endroit convenu. Grâce à Dieu, comme on va voir!

Toujours méfiant, je fis faire halte dans un endroit couvert, bien caché par le hallier et, laissant Lazare à la garde du butin, j'avançai prudemment jusqu'au carrefour où l'échange devait avoir lieu.

Quelque chose me disait qu'il faisait bon

exagérer la méfiance car mes deux pourvoyeurs de porc avaient une façon de mettre leur casquette qui ne me revenait pas.

Mes enfants! que j'eus donc une bonne idée de venir là seul et à pas de loup!

A peine arrivai-je en vue de l'endroit, que je vis mes deux arsouilles, fumant, les mains dans les poches de l'air le plus crâne du monde. J'allais les héler lorsque je les vis mettre les coudes au corps et s'enfuir.

« Voilà des commerçants pas ordinaires qui s'enfuient à la vue du client! » pensai-je.

Au même instant deux gendarmes emboîtèrent le pas et commencèrent la poursuite. Ils les eurent bientôt rattrapés et une bataille rangée s'engagea.

Deux contre deux, la lutte était équitable. Il me plaisait d'assister à cette empoignade où le gendarme allait sans aucun doute recevoir de bons atouts. Je m'accroupis derrière un buisson et je regardai.

Je ne suis pas un hercule, tant s'en faut, cependant je n'ai jamais été battu, pour la bonne raison que j'ai toujours évité la lutte en trouvant, chaque fois, une échappatoire. Mon grand-père, un gringalet noueux et madré, se cachait toujours lorsque la bagarre naissait. Tous ces champions de conscrits sont aujourd'hui morts et on le voit cependant toujours alerte rouler en bicyclette, avec ses quatre-vingt-deux ans, sur les chemins de la côte, vivant et chopinant encore sans vergogne.

Bref, je ne me mêlai pas à cette bagarre où je n'eusse pu attraper que du mal. J'applaudis sans partialité à tous les coups, d'où qu'ils vinssent, jusqu'au moment où les hommes de la loi, mieux équipés, passèrent les menottes à mes deux escarpes et les emmenèrent.

Je restai seul sur les lieux, assez penaud en somme, et j'allais retrouver mon fidèle Lazare lorsque j'entendis, dans le feuillage, un grognement. C'était mon cochon, que les deux trousse-gendarmes avaient caché là pour m'attendre. Il était assis sur son séant, dans une caisse à porc, sur une charrette. J'eus toutes les peines du monde à la tirer de là, embourbée qu'elle était dans les hautes herbes et l'humus de la forêt.

Nous rentrâmes au petit jour, moi tirant la bête et Lazare charriant le bidon qui était encore bon pour un autre échange. J'appris par la suite que les deux malandrins purgeaient de concert une peine de deux ans de prison pour maints abattages clandestins.

Le cochon mourut d'un coup de couteau à la veine aorte, le lendemain soir, et je ne connais pas de voisin (parmi les deux que je possède) qui eut lieu de s'en plaindre car de son foie, trituré d'une certaine façon, en compagnie d'aromates et d'autres produits savoureux, ma femme fit un pâté. De la hure, haute et couenneuse à souhait, elle se servit pour ériger un plat fort succulent, et dans l'échine je fis une brèche, de quoi loger un baril, en enlevant un filet. Enfin les pieds, menus et coquets, furent panés, le boudin coulé, la grillade émincée, pour fêter, en un bouquet où ne manquait que la mauvaise humeur, une si curieuse aventure.

Le voisin, bon vivant, de son métier marchand de vins, en fut, comme il se doit, et sa face, après que fut ingurgitée la dernière bouchée, était d'un si beau rouge qu'elle excita la verve de mon beau-père qui brûlait de se dépenser aux dépens de quelqu'un. Nous eûmes un beau duel d'esprit auquel l'assistance émerveillée prit un intérêt non déguisé.

Ce bon voisin manqua, dans la même nuit, me faire jeter en prison. Voici comment : Il était une heure du matin lorsque nous fûmes réveillés en sursaut par la voix de la voisine qui criait :

« Glaude ! Glaude ! mon homme est malade ! »

Je fus vite sur pied et, en chemise, j'ouvris la porte à cette brave femme. Son mari souffrait de terribles douleurs à l'épigastre et parlait, si cela continuait, de s'empoisonner avec l'arséniate à doryphore, plutôt que de continuer à souffrir de la sorte. Je mis en hâte ma culotte, me voilà parti vers la ville. En chemin, deux gendarmes allemands m'arrêtèrent et me prièrent de justifier ma présence dans la rue après le couvre-feu. Je leur expliquai mon affaire mais, au diable les gendarmes de toutes races et de toutes couleurs ! ils n'y voulurent point croire et m'accompagnèrent.

C'est ainsi encadré que j'arrivai au commissariat de police où les agents jouaient aux cartes. Là encore, je dus m'expliquer, un sergent de ville nous emmena chez le médecin de service qui mit une bonne heure pour sortir du lit et nous accompagna enfin. Nous étions cinq : moi au centre, ayant à ma droite le médecin, à ma gauche le sergent de ville et nous étions encadrés tous trois par les gendarmes allemands, et toute cette troupe allait en silence.

Nous entrâmes dans la cour d'où l'on entendait les lamentations du malade. On le voyait, par la fenêtre, debout sur son lit, en longue chemise blanche, la tête couverte d'une toque de fourrure à oreillère, et là-dessous sa grosse face rouge luisait d'une abondante sueur de douleur :

« Oh ! la la ! disait-il, bras croisés sur sa lourde tripaille, oh ! la la ! que j'ai mal ! »

L'arrivée du médecin le calma un peu, tant est forte la puissance de la médecine, ou fut-ce la présence des deux pandores allemands ? Bref, la chanson s'arrêta puis, à sa femme qui le relayait dans ses lamentations, le médecin posa les questions d'usage. Il s'enquit de son âge, de son métier, à seule fin de savoir s'il pouvait lui appliquer le tarif de luxe puis, après avoir inspecté la pièce, admiré le meuble et évalué la literie, il daigna faire bénéficier mon pauvre voisin de sa science.

Il prit le pouls, exorbita l'œil, s'enquit de la couleur des sclérotiques, examina la langue en connaisseur puis, rejetant le drap et retroussant la chemise, mit à nu la plus belle bedaine bourguignonne que j'aie jamais vue de ma vie. Bedaine agréable à regarder par ces temps de famine où manger à sa faim était un luxe. Elle s'affalait, blanche comme le sein d'une belle femme, dodue, moirée d'un duvet fin. On sentait, sous ce délicat épiderme, une graisse à grain fin, un saindoux ecclésiastique. Dans le lit, on ne voyait que ce ventre, centré sur un nombril discret, minuscule, perdu en cette masse énorme.

Le médecin, en regardant ce ventre, eut une grimace.

L'autre la vit.

« Ah ! docteur, dit-il, ce n'est rien, ce que vous voyez là, car j'ai bien maigri ! »

Sa femme, qui trépignait d'agiter sa langue, surenchérit :

« Oh non! ce n'est plus rien, si vous aviez vu le bel homme que c'était! »

Puis on vit l'homme de science triturer savamment cette panse et écouter avec intérêt les borborygmes que son massage y engendrait.

Nous étions là, les trois pandores et moi, alignés au bout de ce lit de souffrance et nous regardions.

« Il faut vous dire, docteur, que nous avons fait un bon repas hier, toute la journée... peut-être.

– Taisez-vous! » cria le praticien qui venait de pencher son oreille sur l'abdomen meurtri. Il prit la figure d'un chat qui entend le trottinement de la souris. Puis, tout à coup :

« Qu'avez-vous mangé, hier? »

Ce fut un instant tragique pour moi. S'il parlait, c'était m'accuser en public, devant un agent de la force publique, d'avoir commis le crime de tuer un porc. Sa femme comprit la situation et, du pied du lit d'où elle considérait la nudité de son homme, elle lui fit des signes désespérés, mais soit que son ventre l'empêchât de la voir, soit que la douleur lui eût fait perdre le bon sens, soit enfin qu'il fût encore sous l'empire des généreuses boissons, il répondit, en un souffle :

« Du cochon. »

Ce fut terrible.

Le médecin crut bon de s'asseoir et de nous regarder tous.

« Du cochon ? dit-il enfin.

– Du cochon, reprit le sergent, en écho.

– Oui, du cochon.

– Bougre, dit l'agent de police, vous ne vous privez de rien ! »

C'est tout ce que j'entendis, car prudemment je venais de m'enfuir sans tambour ni trompette : ces trois hommes d'armes m'eussent probablement étripé s'ils eussent appris la vérité.

Chapitre 9

Qu'on n'aille pas croire que ces bons instants m'arrachent l'inquiétude paternelle! Peut-être est-ce après ces heures si agréables de liesse que m'apparaît plus pathétique que jamais la situation de mon Jeannot bien-aimé si joli.

Après la fête, et parfois pendant la fête, je m'accoude à la table, étourdi par le caquet de mes hôtes, un grand vide se creuse dans mon esprit, un trou se fait. Je n'entends ni ne vois plus rien au monde que ce doux minois qui a le regard innocent d'un de ces oiselets que la cruauté de mon jeune âge aimait à voir pris dans un de mes pièges.

Je me mets à rêver qu'un célèbre médecin, ou qu'un mire de village doué d'un don prodigieux, va me le guérir par l'application, sur son jeune et tendre cou, d'un cataplasme mystérieux au sperme de puceau. Je rêve de l'eau d'une source, au plus profond de nos bois bourguignons, qui, par sa fraîcheur ou par son innocence et sa pureté, lui délierait la langue, ou bien encore je rêve à la vertu d'une plante inconnue de moi, qu'il me suffirait d'appliquer sur son oreille pour qu'aussitôt le chant des oiseaux lui devienne connu.

Je rêve... A quoi ne rêvai-je point?

Je me vois, dans nos friches, auprès du sanctuaire perdu de Notre-Dame-du-Chêne, implorant cette Vierge de clocher, aussi compatissante, aussi bonne et efficace que les Vierges les plus célèbres, je me vois, dis-je, entouré de toute ma famille et présentant à Notre-Dame mon petit enfant, cloué sur sa croix de silence, martyrisé et paralysé dans le dur corset de son mutisme et disant, avec ma chère femme, avec ma gentille Claudine, deux fois ma fille par le sang et par le nom : « Notre-Dame, guérissez notre Jeannot! »

Et je me plais à imaginer le plaidoyer que je lui présenterais, à la reine des Douleurs, je l'imagine à tel point et avec tant d'ardeur que j'en fais un poème intime, en strophes haletantes et sanglotantes, et que j'intitule : « Psaumes à Notre-Dame en faveur de notre fils. »

Je ne voudrais pas en donner ici connaissance, car aussi bien je fatiguerais mes gens. Lorsqu'on prie de telle sorte, ce sont toujours les mêmes mots et les mêmes pensées. Rien n'est monotone comme une infirmité, sinon les supplications et les soucis qu'elle fait naître.

Ainsi, tantôt demandant au moindre païen un prodige qui serait peut-être diabolique, tantôt mendiant à la science une guérison rationnelle qu'elle ne peut me donner, tantôt priant les simples herbes du chemin qu'elles veuillent bien, par leur jus mystérieux, ressusciter mon fils aîné, tantôt enfin recourant à la Dame de pieuse espérance, j'espère l'attendrir en lui tendant mon petit pour qu'elle le délie, d'un geste ou d'un sourire, j'interromps souvent, plus souvent qu'il n'y paraît, le cours bruyant de ma vie insouciante pour sombrer dans un abîme noir de soucis et de débilitante rêverie.

Pourtant, je le sais, je n'attends rien ni du bon ni du mauvais, ni des plantes des friches ni de la sorcellerie grotesque. Je sais qu'il ne faut attendre que de soi-même et je vois mon enfant bien plus sûrement sauvé si j'arrive à lui faire sentir que la musique, il l'a en lui, et qu'il peut jouir sans qu'une musique étrangère entre en lui par le truchement de son tympan. Il se peut, au contraire, que cette musique qui vibre dans sa cervelle soit supérieure, plus douce et plus belle qu'aucune autre du monde extérieur. Car, pure de tout apport, elle le sera de toute souillure. Ce qu'elle lui dira naîtra spontanément de ses vertus et de ses émois. Il peut, comme la Vierge, enfanter sa beauté, créer son dieu pour l'adorer, sans copulation ni contact.

Et c'est pourquoi je guette avec émoi les indices de la grâce qui est en lui comme en tout être, et de quelle façon elle va fleurir. Au moindre signe de sa présence, avec quel émoi je l'écouterais battre en lui, comme au fond d'un œuf on entend gratter le poussin ! Et comme je briserais la coquille pour l'aider à éclore.

Je sais bien qu'on ne voit, en ses enfants, que des qualités : l'arbre ne connaît que de beaux bourgeons à ses rejetons, et n'en attend que de riches fleurs et des fruits sans précédent. Je ne sais si mon inquiétude me fait trouver plus exceptionnels tous les gestes de mon sourd-muet. Quoi qu'il en soit, voilà un gamin, vif d'œil et prompt de geste, qui vous saisit, malgré son jeune âge, la poésie des choses d'une façon étonnante.

Parfois, lorsque dorment frère et sœur et que nous le gardons, par faveur, près de nous, en raison de son aînesse, il cesse de jouer et prend un crayon, du papier, des couleurs et dessine des choses si merveilleuses que je m'en sers pour illustrer mes écrits qui pâlissent à côté de tant de fraîcheur et de vérité. Et lorsque je sculpte, accroupi en quelque coin, œuvrant avec lenteur à mon œuvre maîtresse qui m'occupera jusqu'à ma mort, la passion de

Jésus, lorsque j'enlève, copeau par copeau, la matière inutile qui recèle la forme que je rêve, il s'assied auprès et communie avec moi avec une telle ferveur que, rêves enlacés, je marmonne :

« Mon joli bien-aimé, mon enfant martyr, bois à cette source, c'est la seule qui soit miraculeuse. Elle donne mieux et plus que l'ouïe, elle émerveille mieux que le commerce des hommes, elle dispense autre chose et de meilleure qualité que toutes les autres jouissances du monde!

« Tu sculptes et te voilà au sein d'un domaine qui t'appartient en propre. Le bois, si parfumé, vient du bois de ton verger, et encore est-ce là ce qui est le plus étranger. Tout le reste est à toi. Tu vis dans un monde que tu ne remplis que de ta substance, tu cherches, au sein des quartiers de bois, la forme, belle princesse au bois dormant, tu l'éveilles au contact de tes doigts lorsque, ébauchée, tu la caresses, tu la sens palpiter, se mouvoir et venir à toi, fiancée intacte, que tu as modelée dans ton esprit et dans tes sens, et commence votre hyménée. Tu vis, comme moi, au sein d'un pays qui n'est ni un État, ni une nation, ni une patrie et sa frontière est inviolable, aux confins de ton esprit, et tu souris de mépris de voir les hommes se donner tant de mal pour défendre si difficilement leur vanité. Alors ni la haine ni l'envie n'ont de prise sur toi. Tu manges, tu bois, tu vas, tu viens dans un rêve perpétuel qui est une grâce ineffable et, secrètement, lorsque les autres admirent ton œuvre, il te reste encore la joie, moins pure mais non moins utile, de jouir de ton prestige. »

C'est ainsi que je lui parle, en maniant la gouge et le ciseau.

Deuxième partie

Chapitre 10

Le beau-père est un de ceux dont les souvenirs de jeunesse ne comportent que des émerveillements. Je gage que si, vers la vingt-cinquième année, un drôle lui eût coupé la jambe ou quelque autre membre essentiel, il eût conservé de cet événement douloureux un souvenir ému, évoqué avec attendrissement chaque fois que la Providence l'aurait placé devant un verre de vin. De plus, à l'entendre, il n'est de gosier, de belles femmes, de franches langues, d'opulente maison, de jovials commensaux qu'en sa bourgade natale à l'exclusion de tous les autres bourgs de France et de Navarre, et nul ne vit d'aussi curieuses personnalités qu'à l'ombre du clocher qui fêta, de toutes ses cloches, son baptême, il y a soixante-cinq ans. Aussi, depuis mon mariage (jour faste entre tous) j'ai dû prêter une oreille complaisante à toutes sortes d'anecdotes, d'histoires, de gaudrioles, de dissertations, de légendes, de souvenirs qui me prouvèrent qu'il n'était pas, sous le soleil, de canton aussi aimable, aussi affable, aussi ensoleillé, aussi fertile, aussi verdoyant, aussi giboyeux, poissonneux, libertin, gaillard, gaulois, gourmet que le sien. Et de regretter, à chaque fois, que les transports fussent si coûteux, les journées si courtes et le travail si pressant que nous n'eussions pas le temps d'y aller faire quelques ribotes.

« Que je gagne quelques sous avec une affaire quelconque et je t'emmène faire la connaissance de ces gens ! Tu verras ! C'est une espèce qu'on ne fait plus, un terroir béni de Dieu et favorisé à plaisir, à croire que la Sainte Vierge y est descendue, un beau jour, y asseoir ses fesses et qu'elle n'a plus voulu en repartir. »

J'opinais gravement du bonnet, bien qu'en mon âme et conscience, et en mon indulgence, je me méfie toujours de ces lieux exceptionnels et de ces gens admirables qu'on vous montre au travers de la loupe grossissante et déformante de la mémoire et de l'affectivité exaspérées par quinze ans d'absence.

« Il faut que tu voies ça ! disait-il. Un gendre de ta pointure doit connaître ce pays-là et, de leur côté, ces gens ne peuvent pas continuer à vivre dans l'ignorance d'un jaseur tel que toi. Que tu fasses connaissance avec tout et tous, là-bas, et voilà que seront recollés ensemble les deux tronçons de ma vie : celui de ma jeunesse et celui-ci, le tronçon de ma douleur et de mes misères. Tu es le saint Jean qui fera la soudure entre l'Ancien et le Nouveau Testament et si cela ne se pouvait, je n'aurais pas de repos, même en ma bière. » Et il repartait dans l'éloge de sa paroisse aussi longtemps qu'il y avait du vin dans les verres.

Je pensais : « Chante, mon bonhomme! Que je la connais bien ta chanson et que je serais naïf de m'imaginer que ton bourg est fait autrement que le mien ou un autre! Tu prends pour argent comptant tout ce que te souffle le souvenir ému d'une jeunesse disparue! Je connais la façon dont procède ta cervelle pour t'avoir entendu mettre le passe-tout-grain de tes collines devant un musigny de la meilleure année. »

Un jour pourtant il me dit : « Dans ce pays, je ne connais qu'un seul être abject, un chien, dont vous me verrez un jour régler l'affaire : il se nomme Denis Bellot et c'est lui qui m'a contraint de quitter mon bon pays. Sans lui, je serais encore à y faire mon vin et toute l'amertume que je bois depuis quinze ans m'eût été épargnée. Aussi je me promets bien de mettre fin à ma rage et si jamais je le revois, ce Denis Bellot, et que nous soyons ensemble, je te promets une belle représentation! Ah! le traître! Ah! le chien de domaine! Ah! l'escroc! Figurez-vous que... »

Il allait tout me dire, mais ma belle-mère était là qui, le prenant par la manche, lui dit :

« Jérôme, tu ne vas pas radoter cette histoire, non ? Voilà quinze ans de cela. Entretient-on une haine de quinze ans ?

– Marie, je m'en souviendrai dans mon cercueil et même plus tard ! Penses-tu que je vais oublier une farce qui me ruina, me coûta ni plus ni moins que le patrimoine familial, la maison des ancêtres avec ses si belles caves, le petit atelier attenant, le jardin, les chènevières et tout ? Et cela parce que j'ai eu foi en un bandit qui eût escroqué son père en le couvrant ouvertement de caresses.

– Eh bien oui ! disait la belle-mère, mais ne remue donc plus tout cela.

– Je remue ce qui me plaît.

– Tu prends même du plaisir à ressasser cette histoire.

– Oui, j'y prends du plaisir, et chacun prend son plaisir où il le trouve et j'en prendrai un encore plus grand le jour où je rencontrerai le Denis Bellot, et que je le prendrai à la gorge.

– Tais-toi donc et laisse donc cet homme ! »

Le beau-père se croisa les bras :

« Alors, dit-il, si tu crois que j'ai digéré cette histoire et que je suis disposé à laisser cet homme, comme tu dis, c'est que tu ne me connais pas encore ! Je me vengerai, c'est promis. »

Il n'en parla plus d'une façon formelle, mais chaque fois que l'on parlait jardin, il serrait les dents et disait : « C'est là-bas que j'en ai un beau... et si Denis Bellot ne m'avait abusé... » ou bien lorsque l'on parlait maison : « Ah! la belle bâtisse que celle que j'ai laissée au pays, une maison de pierre taillée, avec des caves de château! Que je le rencontre, le Denis Bellot, au coin d'un chemin, et vous verrez. »

Ainsi, bribe par bribe, j'appris l'histoire et je connus la grande souffrance du vieux et son malheur me fit mal, oui, car ces gens-là ne devraient pas être soumis aux mêmes lois que les autres.

Un autre jour il me piqua l'oreille en me disant :

« Dans ce pays dont je vous parle, je ne connais qu'un seul ennui : l'eau est mauvaise à tel point qu'on ne la consomme point. Tout au plus est-elle bonne à laver les fesses des marmots et des grands. »

Et il continuait en riant :

« Il est vrai que la vigne y pousse si bien, en tout lieu et en n'importe quel cépage, direct, greffé, pinot ou teinturier, rouge ou blanc, que les gens se consolent d'avoir des fontaines meurtrières. On dirait que ces engins-là n'ont été plantés que pour rendre l'eau odieuse à tous afin de les détourner de se servir d'elle comme boisson. »

Ce détail me fit dresser l'oreille. Je me dis

que si Dieu avait envoyé à ce coin de terre de si mauvaise eau, il devait, avec l'esprit de justice qui le caractérise, dispenser quelque produit de remplacement qui pût, en quantité et en qualité, abreuver la population. Et je pensai que si tous les indigènes avaient l'appétit et le palais du beau-père, on devait, là-bas, trouver bel et bon vin.

C'est ce qui me donna l'envie d'y aller. Je ne pensais plus au Denis Bellot et je dis à ma femme : « Il faudra bien qu'enfin je fasse plaisir à ton père. Ce n'est pas que j'y tienne mais il ne faut pas priver cet homme du plaisir de revoir son pays et il vaut mieux que je l'accompagne. »

Enfin, un jour, il vint à la maison un de ses amis d'enfance, un moustachu, maigre, yeux vrillés, nez patiné, mains énormes, jambes torses, en qui je reconnus de suite les qualités de ma race. Il venait pour voir le vieux, certes, mais aussi pour lui demander je ne sais plus quel service, car, au village, le mien beau-père avait fait courir le bruit (je ne sais comment) qu'il gagnait gros, vivait bien, avait le bras long et tapait sur le ventre des manitous.

Ce vigneron, ce bareuzai, dont les mains étaient encore rouges de jus de raisin, nous apporta, dans son cabas, deux litres de blanc et deux litres de rouge de son finage, et ma femme les posa sur le rebord du buffet. Le liquide clairet m'attirait l'œil et mon attention était si bien retenue de ce côté-là que je n'entendis rien de ce que se disaient les vieux. Il me semble que j'entendis, au contraire, pétiller et chanter ce liquide.

On déboucha enfin les bouteilles de blanc, pour accompagner les chevanneaux de l'Ouche que Lazare m'avait apportés. Ah! mes amis! quel bon ambassadeur que ce vin, quel excellent avocat! Il fit pleurer de joie le beau-père qui retrouva sa langue pour chanter une sorte d'ode à son pays qui nous tira les larmes des yeux. Ce vin blanc sentait la noisette, l'œillet de friche, le soleil. Il ne vous flattait pas bassement le palais, comme les vins faciles et spiritueux, il ne trichait pas en vous assommant du premier coup, comme les vins trop riches en alcool, non; il se présentait, tout de go, sans truquage ni fanfreluche, avec juste assez de degré, flattant l'œil par la fine couleur, le nez par le prestigieux bouquet, la langue par sa fraîcheur pétillante, le palais par son arôme complexe et cependant si net, et l'estomac qu'il stimulait sans le lasser.

Nous bûmes les deux bouteilles de blanc avec les poissons et les deux bouteilles de rouge avec les deux poulets et les fromages de chez moi. Après cela, j'étais convaincu, rendu, converti; j'étais fier d'avoir un beau-père qui fût né dans un pays où l'on faisait de si bon vin.

« Et le Denis Bellot? » demanda le beau-père, alors que ses traits s'altéraient. L'autre eut l'air gêné.

« Il a fait au Jules Derain le même tour qu'à toi.

– La charogne !

– Mais il a eu des procès, des histoires. Pour l'instant, il est bien bas, mais toujours le même, cauteleux, adroit, grippe-sou, menteur, fielleux.

– La charogne !... Que je le revoie celui-là !

– Bah ! sa mauvaise action ne lui a pas porté chance, répondit le vigneron : il a perdu sa fille...

– Le pauvre homme ! » a dit le beau-père.

Chapitre 11

Or donc il ne fut plus difficile de me convaincre et un beau jour nous partîmes, tous deux le beau-père, par un bel après-midi d'août. Il nous fallut descendre du train à Chagny et, comme il faisait chaud, nous nous assîmes à quelque bistrot, pour nous désaltérer. On nous dit qu'il n'y avait ni vin ni bière et que nous devions nous contenter de soda ou de limonade.

Je n'aime pas ces eaux couvées qui vous font roter et vous picotent la langue. Il nous fallut parlementer. La patronne nous fit savoir que les restrictions étaient imputables à la guerre.

« La guerre ! hurla le beau-père. Est-ce que je fais la guerre moi ? Est-ce que mon gendre fait la guerre ? Pas si bête que ça ! Que tous les fous se battent, se suicident, boivent du vitriol ou de l'eau et voilà que les honnêtes gens sont obligés d'en faire autant ! »

A voix basse le patron nous glissa : « Passez donc dans l'arrière-boutique. »

C'était une pièce sombre, basse et sentant le moisi. Des hommes de notre acabit étaient assis devant des tables rases, mais ils avaient le verbe haut et le sang à fleur de pommette. Nous vîmes bientôt qu'ils buvaient autre chose que de la limonade et qu'ils cachaient leurs verres dans les tiroirs.

Cette aventure nous plut et le vin qu'on nous servit nous plut également. Il nous plut tant que, lorsque nous passâmes la porte, l'autobus était parti.

« Qu'importe, dit le beau-père, nous irons à pied. »

Nous avions emporté un baril vide et des emballages de toutes sortes, dans le but de les rapporter pleins, au retour, en fraude. Il fallut donc nous en charger et nous voilà partis.

Le beau-père chantait en marchant.

« Hume-moi cet air, disait-il, quel parfum! Et ce n'est rien encore, mais après le prochain tournant tu seras émerveillé. »

Je maugréais de traîner ce fût et ces caisses.

« Marche, fiston, marche! Pour ma part je regrette de n'en point porter davantage », et il énumérait toutes les précieuses choses que nous allions rapporter.

Plus nous marchions, plus il se redressait. Il ne boitait plus que d'une jambe.

« Quel pays, disait-il, quel pays ! »

La route, après avoir traîné dans le fond de la vallée de la Dheune, montait maintenant à flanc de coteau, parmi les vignes et les pêchers. Le vignoble se heurtait, au-dessus des versants, à des roches blanches et se perdait dans les friches dorées, semées de genévriers.

Au loin, c'étaient des croupes bleues, d'allures morvandelles, qui fermaient la vallée. Le soleil, qu'on n'a pas nommé par hasard « le bourguignon », vous jetait là-dessus sa lumière et sa chaleur et la route blanche montait, mais plus nous allions, plus le beau-père accélérait. Nous fûmes bientôt au pas de gymnastique et je m'aperçus qu'il ne boitait plus du tout. Il me sembla que, même sous le faix, il grandissait. Je le regardai. Sa figure avait perdu ses rides, sa moustache était gaillardement retroussée et son regard était vif.

Nous traversions des villages. A chacun on s'arrêtait, on se reconnaissait. Comme en ce pays on est « bisou », je dus embrasser des hommes, des femmes, des jeunes, des vieux, des moustachus, des rasés, des cousines fort accortes et des oncles au vin facile.

J'embrassais les jeunes cousines avec davantage de complaisance, restant joue contre joue un petit moment afin de respirer le parfum de sueur saine qui montait de leur nuque brûlée de soleil.

Dieu de Dieu ! Quel voyage ! Plus nous buvions plus la route montait, et plus notre route montait plus nous buvions. Je soupçonne fort le vieux d'avoir élargi, pour la circonstance, le cercle de la famille en y incorporant des gens dont il n'aurait su au juste m'expliquer la parenté. Le seul point de ressemblance, le seul air de famille qu'ils avaient tous était cette propension à jaser, à boire et à évoquer les ripailles d'antan (qu'on ne reverra jamais, c'est sûr !).

Lorsque nous avions bien bu et bien bavardé aux frais de l'hôte, nous allions au café, bavarder et boire aux frais du beau-père. Là, en l'absence des femmes, le langage devenait plus vert, les souvenirs se faisaient plus piquants, le geste s'arrondissait, le rire devenait énorme, les yeux plus brillants.

Le beau-père payait. Il avait sans cesse la main dans la poche qu'il avait bourrée de billets, afin d'alimenter la légende de son opulence. La légende est une bête vorace qu'il faut contenter sans compter, sous peine de la voir périr, et mon beau-père s'est toujours imaginé que sa réputation d'homme riche ne se sustentait que de gestes généreux, ce qui est une erreur. Pour moi, je reconnais le riche au signe contraire et, dans sa naïveté de prodigue et de bon vivant, mon brave vieil homme me parut le plus beau, le plus noble, le plus riche des pauvres.

Il fallait le voir, pris lui-même à son jeu,

commander les plus fines bouteilles, les recevoir avec grand air des mains de la patronne, les décacheter, les déboucher, les humer, les mirer, puis, s'étant levé, remplir les verres à la ronde, y compris ceux des étrangers qui, disait-il, devaient bien s'apercevoir de quelque façon que Jérôme était là. Puis il pérorait.

On le pressait de questions. Il les écoutait, semblait les peser, les retourner posément dans sa cervelle et enfin faisait les réponses les plus inattendues, les plus truculentes, les plus sages au fond. Il lui arrivait de me prendre à témoin, de citer ma compétence en la matière. Je tâchais de lui faire honneur, car je savais qu'il tenait à ce que je fasse bonne impression parmi ses connaissances. A l'ivresse de la boisson se joignit alors celle des mots. Un monument de mensonges s'éleva lentement mais sûrement. Mon beau-père était le maître maçon et j'en étais le compagnon. Une après une, les hâbleries se superposaient savamment. Nous faisions chacun de notre mieux, l'un épaulant l'autre, pour chercher les matériaux et pour les cimenter entre eux. Lorsqu'il arrivait que l'imagination de l'un fût à court, l'autre lui soufflait une légende convenable et il en était remercié par une œillade. Au plaisir de briller se joignit bientôt celui de tromper. La mystification est l'escroquerie de l'honnête homme, c'est aussi le seul piment de la conversation.

Nous allions ainsi, le père Jérôme et moi, l'un poussant l'autre, émerveillé chacun de l'audace de l'autre et se demandant jusqu'où il irait. A nous entendre, nous avions tout vu, tout senti, tout vécu. Il n'était pas de commerce qui ne nous ait enrichis, pas de profession que nous n'ayons exercée. Nous avions une exploitation remarquable qui nous laissait de bons loisirs passés dans les cafés de choix, nous avions des relations et des amis bien placés, et de l'affirmer nous fit, je le jure, un bien immense. Loin de contraster piteusement avec le rêve, la réalité se haussait jusqu'à lui, embellie.

La nuit tombait et nous n'étions pas encore arrivés. Mais nous ne nous en repentîmes pas sur-le-champ car, alors que nous débouchions une bouteille, un homme que je ne connaissais pas s'approcha de la table. Le beau-père lui mit un verre à la main et, l'ayant embrassé, l'invita à boire. L'autre ne se fit pas prier. Il était beau parleur et savait donner raison à son commensal. Il opinait gravement du bonnet ou riait grassement lorsqu'il ouvrait la bouche. Il était grand, un peu voûté, et, malgré son air cossu, ses vêtements de drap de chasse, sa petite cravate et sa barbiche d'officier, on ne le sentait pas à son aise près du beau-père.

« Comme on se retrouve, mon vieux Jérôme », disait-il en lui donnant des petites tapes amicales sur l'épaule.

Je me penchai à l'oreille de mon voisin et je lui demandai :

« Qui est donc ce grand zouave à barbiche qui caresse si fort mon beau-père ? »

L'autre me répondit :

« Vous ne le connaissez pas ? C'est Denis Bellot. »

A un moment, le beau-père sortit de la salle. Je sortis également. Je le retrouvai, appuyé contre le mur, en train de pencher de l'eau.

« Alors, lui dis-je, j'ai vu le Denis Bellot.

– Oui, dit-il, il a bien vieilli le pauvre couillon, c'est une ruine.

– Vous ne pensez plus à votre vengeance ?

– Ma vengeance ? Mais tu n'as pas vu comme je l'ai possédé ? Tu n'as pas vu sa figure, son rire jaune ? Tu peux dire qu'on ne s'est jamais vengé comme je viens de le faire.

– Vous vous êtes vengé ?

– Mon cher Glaude, répondit-il, ces gens-là s'attendent toujours aux injures et aux mauvais procédés. J'ai pris ma revanche en lui souriant et en le traitant comme un ami. Il croyait m'avoir ruiné, j'ai les poches pleines de sous ! Il croyait m'avoir abattu, je suis plus gai et plus dru que jamais ! Il croyait m'avoir déshonoré et il me retrouve auprès d'un gendre honorable et de bonne mine, vivant dans l'opulence et les joies d'une belle famille ! Ah ! oui, je te répète, jamais homme n'a été terrassé comme il vient de l'être ! »

Il hésita, puis, à voix plus basse :

« Je lui aurais bien montré les photographies de ta femme et de tes petiots, mais je n'ai pas osé. Tu comprends, il a perdu sa fille, il vit maintenant tout seul avec ses sous comme une bête sur son fumier. Le coup aurait été trop dur pour lui. »

En rentrant au café il ajouta :

« Il ne faut pas avoir le triomphe arrogant. Denis Bellot est ce qu'il est, c'est un homme pitoyable. »

Le lendemain seulement, avec une petite journée de retard, nous arrivions au pays. La renommée, qui ne s'était pas arrêtée comme nous à tous les huis et à toutes les auberges, nous y avait précédés. Nous le vîmes bien dès les premières vignes où des gens qui travaillaient nous reconnurent de loin.

Ce fut d'abord un vieil homme, tordu comme un pied de vigne et noir comme lui, qui releva la tête et se dressa sur ses jambes en douelles de tonneau. Il vint lentement sur le chemin et nous attendit.

« Tiens, dit le beau-père, de l'eau plein la bouche, voilà le Châtré ! »

Je regardai cet homme tortueux et grimaçant. La main aux reins, en geignant, comme tous les piocheurs de vigne, il nous fit un salut. Je vis alors ses joues creuses et ses pommettes luisantes. Sa barbe drue et malcommode ressemblait à une vieille luzerne mal fauchée, son œil gauche était vair, l'autre, à peine visible, était enfoui sous les ronces folles de ses sourcils, la lèvre, sous la retombée d'une moustache roussie, rentrait dans sa bouche et s'y plissait comme la peau d'un anus. Son cou était fait d'une peau couenneuse, flasque, ballottante qui se partageait en deux fanons crasseux, retenu dans le col d'une chemise à fleurs. On ne voyait que son nez, corbin, ses oreilles, farcies de poils frisottants, mais drûment érigés, et le trou de sa bouche, organes subtils, accoutumés aux tâches majeures du Bourguignon : avaler, humer, jaser, écouter. Réception et émission, plaisir à partie double, instruments hautement respectables qui permettent de commercer honnêtement avec la société, en lui en donnant autant qu'on lui en réclame, comme il se doit entre gens civilisés.

Le reste de son être souffrait de l'état d'infériorité dans lequel on le tenait. C'était sec, noiraud, ratatiné, cagneux, obscur. Les mains étaient pitoyables, écornifiées, mangées, bosselées, grillées, couturées à faire peur, pourtant respectables, crispées sur la petite pioche à manche trop court et les jambes semblaient se confondre avec la terre rouge des vignes.

C'était donc là le Châtré, l'être légendaire dont le beau-père m'avait fait un portrait si flatteur, l'ami d'enfance doué tout à la fois de force, d'esprit, de verdeur et de beauté ?

Je le regardai. Était-ce possible que cet

homme eût été le danseur si faraud, l'hercule qui montait à la vigne un quartaud plein sous chaque bras, le galant si vert qui, en se jouant, rendait jalouses sept ou huit filles en la même nuit et buvait à journée longue?

« Ainsi l'âge nous change? » pensais-je en l'écoutant.

Les deux vieux se bisèrent crânement, trois fois, et de leur barbe, l'une contre l'autre frottées, naquit un bruit terrible de cataclysme. Ils se regardèrent et se frottèrent à nouveau le museau, au risque de voir leurs tisons prendre feu. On eût cru entendre deux sangliers s'échauffourant, ou encore deux collines se frottant l'une à l'autre, avec tous leurs fourrés, leurs rocailles et leurs épines. Ils se tinrent un instant embrassés, en répétant, de leurs voix indomptées, ces mots touchants :

« Ma vieille garce!

– Mon vieux gnôlu!

– Ma vieille cancouenne!

– Ma vieille carcasse. »

Puis, s'étant regardés encore, ils prirent le parti de se donner de grands coups de patte en disant, le rire aux lèvres et la larme à l'œil :

« Sacrée vieille taupe!

– Sacré vieux benaton!

– Sacré vieux bruchon!

– Sacré vieille treûe! »

C'était une émouvante litanie, tonitruée

par ces deux énormes gosiers, un doux psaume de piété amicale, un hymne bouleversant à l'amitié. Ils y mirent fin pour commencer l'office, traditionnel, conventionnel, un peu niais, mais inévitable des politesses plus générales : « Comment va ta vieille ? – Et la tienne et les petiots ? – Et ta sœur ? – Et la guerre ? – Et la paix ? »

Le vieux laissa sa pioche dans le fossé et nous accompagna. Nous rencontrâmes en chemin d'autres vignerons que l'on salua de loin. Le Châtré disait, entre ses dents : « Laissez-les donc, venez d'abord à la maison, la Julie sera trop contente. »

Préparé par nos hâbleries, qui s'étaient enrichies en passant par cinq ou six bouches, le village nous attendait avec une curiosité respectueuse. Le Châtré disait en marchant :

« Ah ! te voilà, mon vieux Jérôme ! Tu ne nous as pas oubliés ! Tu es revenu ! On peut dire que tu n'es pas fier !

– Fier de quoi ? » disait le beau-père en me donnant un coup de coude. « Diable, répondait l'autre, il y en a chez qui la réussite efface les souvenirs de jeunesse ! On devient fiérot, on ne pense plus aux vieux amis qui sont restés gagne-petit. » Le beau-père se rengorgeait et il jouait la modestie en disant : « Bah, mon vieux, que veux-tu, la réussite est bien modeste !

– Ta ta ta... disait le Châtré en fermant son œil vair, on m'a tout dit. Tu as eu de la chance, tant mieux pour toi, tu la méritais bien. »

Le beau-père se gardait bien de le détromper. Il lui plaisait de revenir, en son pays natal, ainsi précédé d'une réputation flatteuse.

Les quelques plaisanteries que nous avions, la veille, semées avaient germé et porté leurs fruits, pour ainsi dire, mais ce n'étaient en somme que de vulgaires exercices, gammes et arpèges auprès des virtuosités qu'il nous fallut faire pour être à la hauteur de notre réputation. Le beau-père exultait et je le secondais tant bien que mal, plutôt bien que mal, car j'ai toujours été doué sous le rapport de l'imagination.

En arrivant au bourg, vingt piocheurs nous suivaient; nous avions fait la relève des vignes et des enclos. Lorsque nous entrâmes dans la salle d'une des auberges, car il en est quatre grandes et trois petites dans ce pays sans eau, le patron nous demanda si la pluie s'était mise à tomber. Accoutumé, pourtant, aux grandes affluences, il n'avait jamais vu tant de monde. Tous s'assirent pour boire à la santé de cet homme qui s'était enrichi loin du pays.

A force de l'entendre commander les meilleures bouteilles et de le voir sortir de sa poche des billets froissés pour les étaler sur la table, j'eus comme un éblouissement. Oui, je crus que mon beau-père était devenu riche, tant il jouait bien son personnage. Car il existe une façon aristocratique de sortir une poignée de billets, de les poser, sans les regarder, sur la table tout en continuant de jaser, avec de grands éclats de rire. Cette façon, le vieux Jérôme l'a bien et malin serait celui qui le prendrait pour ce qu'il est.

Comme il avait mis son complet de dimanche et frisé sa moustache, tout le monde le regardait, émerveillé. De temps en temps, dans l'allégresse générale, profitant d'un tumulte, il se retournait vers moi et disait en se passant la main sur le ventre, qu'il a fort imposant :

« Ça me fait du bien, Glaude, tu ne peux pas savoir comme ça me fait du bien. »

On pouvait croire qu'il voulait parler du vin de son pays qui réjouissait aimablement son corps, mais pour moi, je crois plutôt qu'il voulait dire :

« Que je suis donc heureux de distribuer ainsi ces beaux billets et de m'imaginer que je suis revenu au pays, riche, et que tout ce peuple me suit pour ramasser mes miettes, les miettes du Jérôme. »

Des femmes venaient, sous le prétexte bien naturel de s'enquérir de leur mari, mais, après avoir passé le nez par la porte en marmottant quelque gueuserie, elles mettaient un pied dans la salle, puis deux, et elles se trouvaient entraînées, bien malgré elles certes, au milieu de toute cette hommaille hurlante et buvante.

Le beau-père les reconnaissait une à une. « Tiens, mais c'est la Marie. Approche un peu ici... Mais que tu es laide ! Bon Dieu que tu es laide... Qu'as-tu fait de tes dents, tes jolies dents, Marie ?... Va te faire remettre un dentier ma fille !

– C'est trop cher », minaudait la femme en lui rendant ses embrassades.

Il avait un geste superbe.

« Trop cher ? Bah, est-ce que ça compte ? Ton homme ne peut pas faire ce sacrifice pour garder sa Marie toute jeunette ? »

L'homme, pris à partie, ripostait :

« C'est bon pour toi qui es riche, Jérôme, de parler de payer des dentiers, mais moi je suis pauvre et j'aime mieux ma femme sans dents, elle est moins mordante. »

On riait. Puis c'était le tour d'une autre.

« La Victorine ! Viens que je t'embrasse, Victorine. Tu as profité depuis que je t'ai vue, ton corsage ne se ressemble pas, à la bonne heure ! » Puis d'une voix de triomphe : « Deux verres pour ces dames ! »

En se défendant de boire en un café, elles acceptaient quand même et buvaient bel et bien, de telle sorte que leur voix se mettait en peu de temps au diapason de la nôtre, et comme les voix de femmes, à volume égal, sont de bien loin les plus fines en qualité, je veux être brûlé vif sur un feu de sarments s'il m'était possible de distinguer le son et même le sens de mes propres paroles.

Il arrive, dans une société, lorsque la confusion commence à se faire, qu'elle se signale de loin par une fière clameur qui fait dresser l'oreille à tous les passants, francs de gosier, brûlant d'envie d'aller mêler leur musique à ce joli charivari.

Pour moi, deux concerts me donnent la chair de poule : celui-là et cet autre que font les chiens, dans les hautes combes, aux trousses d'un sanglier. Mêlé à l'une ou à l'autre de ces réjouissances, je perds cette pesanteur morbide qui caractérise l'être à jeun, je me mets à palpiter, à renifler, à caracoler, je sens ma poitrine se gonfler d'un vent de bon augure propre à faire vibrer mes cordes vocales et c'est la croix et la bannière pour m'empêcher de chanter ou de discourir. Les amarres sont coupées, le lest est jeté, je gagne, d'un bond, des espaces pétillants où ma propre chanson me paraît étrangère et où mon discours semble sortir d'un chanoine bien timbré qui lirait des choses merveilleuses dans un livre. Sans perdre de vue les yeux émerveillés et les bouches bées de mes écoutants, je me fais une grande jouissance de dauber, de réciter des voyages magnifiques que je n'ai jamais faits ou d'autres que j'ai faits mais en les arrangeant de telle sorte que la relation soit digne du mirage.

Je crois que le vieux Jérôme est, sur ce point, plus fort que moi, bien que je n'aie point de repères, la plupart du temps, pour juger de la différence qu'il y a entre ce qu'il vit et ce qu'il dit – d'ailleurs c'est ce qu'on dit qui compte. En général ce qu'on a vu, vraiment vu, on le garde bien soigneusement, dans un recoin obscur de la mémoire, où on l'oublie un beau jour car on ne s'en sert jamais. Lorsqu'on l'y retrouve, tout ratatiné, longtemps plus tard, on ne le reconnaît pas. C'est donc que c'est sans importance. Ce qui est vrai, c'est l'image sans cesse embellie à laquelle on apporte tous ses soins parce qu'elle est née de soi et que pas un détail qui s'y ajoute n'est autre chose qu'un morceau de votre matière grise.

Donc nous reprîmes, en l'amplifiant, le duo de la veille et cette fois ce ne furent ni les variantes ni les enjolivures qui manquèrent, tout en restant fidèles au thème général, parfois frisant la vérité, et qui s'entortillait joliment aux fioritures de notre invention.

Notre maison fut à nouveau décrite de la cave au grenier, telle que nous la voudrions voir. Nous élargîmes la porte, le crépi fut refait de neuf, les volets repeints, les pièces agrandies. Je profitai de ces travaux de langue, qui me coûtaient peu, pour acheter et installer le pressoir que j'envie et que mon père m'a promis depuis si longtemps que c'est comme si je l'avais déjà. On me demanda si c'était un pressoir à claie, à manivelle, à cliquet, à demi-révolution, que sais-je ? Puisque j'étais en train, je pris ce qu'il y avait de plus moderne.

Ainsi lancés, nous ne pouvions pas déchoir en entretenant l'auditoire de nos mille misères, de nos tourments. Puisqu'on avait remis la maison en état et redoré le blason, il fallait que tout fût à l'avenant. Nos femmes, qui sont certes dignes d'éloge, devinrent des anges, la belle-sœur passa pour une jeune fille pleine de sagesse, je devins un sculpteur de talent et mon Jean-Pierre, mon Jeannot, mon martyr, entendait et parlait comme père et mère. Oui, mon Jeannot jasait. Ô vin ! Ce que ni la science, ni la foi, ni la sorcellerie n'ont pu faire, toi, tu l'as fait, en cette auberge où vinrent ripailler nos ancêtres, tu as fait ce miracle en faveur de tes deux fidèles et respectueux serviteurs, tu as fait parler l'enfant muet, dans une maison plus grande, plus riche (ô combien) et plus heureuse.

L'assistance exultait sans se douter de tout le pathétique de l'histoire. Nous étions prêts à verser des larmes de joie. Il se dégageait de cette euphorie une rumeur bien pleine, bien fournie, harmonieuse et réconfortante. Tout le monde se tutoyait. Les femmes seules s'échappaient de temps en temps, pour aller « voir le fricot ». Je sentis venir le moment où la fortune du beau-père tirait sur sa fin. Aussi, prenant à mon tour l'offensive, je commandai de nouvelles bouteilles. Cette initiative fit sensation.

La liesse était à son comble.

Tout à coup, par la fenêtre, je vis le Denis Bellot qui nous regardait drôlement, le nez collé au carreau. Du genou, je poussai mon beau-père et le lui montrai. Il gloussa doucement en se tapant sur l'abdomen.

« Que je suis donc content, Glaude, que je suis donc content! »

Alors il se leva, se dirigea vers la porte pour interpeller le notaire et probablement pousser l'audace jusqu'à l'inviter, mais celui-ci s'était vivement éclipsé : je vis son dos rond disparaître dans la ruelle.

En rentrant, le vieux Jérôme ne riait pas mais il se mit à dire de telles bourdes, il fit tant d'esclandre et se montra si insolemment bavard que je vis bien qu'il était saoul de joie, car voyez-vous, la joie c'est une fameuse bouteille, qui est d'autant plus capiteuse qu'elle a été longtemps bouchée et cachetée. Or, il y avait quinze ans que la sienne se bonifiait, patiemment, sourdement, derrière les fagots de la bonne foi.

Chapitre 12

Nous restâmes en ce village jusqu'à ce que nos poches fussent vides. Quelles mines aurions-nous eues, je vous le demande, à rester inertes, sans régaler personne, avouant ainsi que les doublures du porte-monnaie se touchaient ?

Nous en arrivâmes là le troisième jour. Le soir, alors que nous étions couchés, le beau-père me dit :

« Je n'ai plus un sou.

– Moi non plus, lui répondis-je.

– Bah ? » fit-il d'un air étonné.

Il se retourna lourdement, en geignant, sur sa couche et me dit :

« Alors il nous faut partir sans tarder. »

Mon épigastre avait déjà la nostalgie de ces bons vins qu'il nous fallait quitter.

« Déjà ! soupirai-je.

– Oui, vois-tu, dit le beau-père Jérôme, j'ai peur que la grand-mère tombe malade.

– Mais ses filles la soigneraient.

– Oui, mais rien ne vaut le vieux pour soigner la vieille », répondit cet homme qui n'a jamais su faire bouillir un verre d'eau, « nos tisanes valent mieux que vos drogues, j'ai peur que les filles ne l'empoisonnent. »

C'était la première fois que je le voyais agiter d'aussi graves questions. Il fut décidé que nous partirions le lendemain, sans penser que nous n'avions plus d'argent pour payer le retour.

Au petit jour, réveillé par une paire de coqs qui se répondaient d'un fumier à l'autre, le père Jérôme reprit la conversation.

« Vois-tu, dit-il en conclusion, lorsqu'on revient dans son pays natal après une longue absence, il faut y revenir riche ou n'y pas revenir du tout. Maintenant que nous sommes pauvres, sachons être raisonnables. »

Il annonça notre décision à nos hôtes qui se récrièrent, boucla son paquet et fit sa visite au cimetière.

Je l'accompagnai.

Il me fit tout d'abord remarquer que l'enclos était à moitié vide et il me dit, en clignant de l'œil :

« On ne meurt pas ici. »

Puis il se rendit sur ses tombes. Moi, je me promenais entre les tertres et les croix comme en un jardin public. Je n'ai pas de point de contact avec la mort. Je n'y comprends rien et ne veux rien y comprendre. La mort des autres me donne envie de rire, non par ironie mais par joie d'être encore vivant, quant à la mienne, je ne l'ai jamais envisagée. Le repas du Seigneur auquel je me sais invité ne me tente pas, je préfère une bonne potée à la maison. Les plats du céleste banquet ne doivent pas être fameux, si j'en juge par la cuisine de ma tante Claudine, ma marraine, une sainte femme qui doit être cuisinière en chef là-haut, pour le moins, et qui n'a jamais su faire une meurette convenable. Elle laissait son frichti sur le feu pendant qu'elle s'en allait prier et chanter les louanges de Dieu. On ne peut pas tout faire.

Suivant mon habitude, je passai en revue les tombes alignées comme des soldats (un soldat est une tombe ambulante, un condamné à mort) et je pris connaissance des noms gravés dans les pierres tombales. Il ne put m'échapper que les gens de ce pays-là avaient attendu assez longtemps cette mort libératrice. Pendant quatre-vingts, quatre-vingt-cinq, quatre-vingt-dix ans ils avaient subi les misères de cette vie et les ancêtres de ma femme me semblaient, à ma grande joie, avoir été les plus patients, dans cet ordre d'idée. Je vis des oncles Claudius, des tantes Zéphirine, des grands-pères Baptiste qui avaient préféré boire, pendant quatre-vingt-dix et quatre-vingt-douze ans, le vin du terroir plutôt que d'aller s'enivrer du nectar céleste. Affaire de goût? Choix des matériaux dont ils étaient construits ou question de bon sens? Qui le dira? Pour moi j'ai voulu y voir un gage de la longévité de mon épouse et je sortis de là ragaillardi... Ainsi mon ménage avait des chances de connaître une longue et édifiante vieillesse, ainsi je ne resterais pas seul comme une vieille bête, sur mes vieux jours, et je ne changerais pas d'ici longtemps de cuisinière.

Avant de sortir, je jetai un coup d'œil, sur cette armée de croix, de plus en plus grandes au fur et à mesure que les tombes étaient plus fraîches. J'y voulus voir le résultat d'une émulation que je déplore et qui consiste à vouloir mieux faire que le voisin en mettant des sommes folles dans des cailloux somptuaires, plutôt que de se payer une ou deux bonnes ripailles de plus.

Ma très sainte race d'Auxois dit qu'il vaut mieux faire dire trois messes de plus et prier pour l'âme du défunt que de lui mettre sur le ventre un tombereau de couronnes ou une pierre de luxe – non pas parce que le souci de l'âme est plus fort en nos pays que par ici, mais parce que trois messes et des prières, ça coûte moins cher.

Aussi, il faut voir comme les cimetières de chez nous vous ont des airs romantiques avec des végétations folles, des foins gigantesques, des croix démantelées et, cachés sous les herbes, des modestes petits pots de primevères et d'aspidistra.

Cet austère abandon dans lequel on tient volontairement les carcasses a pour but de vous faire supposer que toutes les pensées sont pour les âmes des décédés. Mais il n'en faut rien croire et cette tartuferie est, avec le luxe de certains cimetières, une des mille façons dont on déguise les petites faiblesses humaines. Aussi ai-je depuis longtemps décidé d'inclure en mon testament (si j'en fais un! La bonne chère m'en laissera-t-elle le temps?) une clause aux termes de laquelle mes héritiers devront m'ériger un simple tumulus en terre et sur ce tumulus une pancarte cruciforme sur laquelle on lira : « Défense de déposer fleurs, couronnes ou autres accessoires qui attirent la vermine. Employez l'argent que vous eussiez dépensé à ces achats, à boire et à manger. Buvez et mangez en mémoire de moi sans oublier les plus pauvres que vous. »

Comme nous sortions du cimetière, vint à nous le Châtré qui nous pria de rester, nous disant que la Julie avait tué un canard à notre intention et qu'elle avait chauffé le four pour faire cuire des flans, que lui-même était allé chercher des pêches de vigne et que de bonnes bouteilles se chambraient pour nous. Le hasard voulut que nous acceptassions, remettant notre départ à l'autobus du soir.

Nous n'eûmes pas à nous en repentir car le canard était de Barbarie, pays où les volailles sont plus dodues et plus goûteuses qu'ailleurs; j'aurais mauvaise grâce à rendre compte *in extenso* de ce repas qui nous tint à table jusqu'au soir. L'heure de l'autobus était, depuis longtemps, passée et nous fûmes contraints de prendre part au souper qui se composait des reliefs du dîner et d'une meurette de tanches et de carpes, de l'étang de Montaubry. En outre le Châtré était un commensal fort agréable et un causeur de première force. Il me plut de ce fait et je ne vis pas passer les heures à sa table car, en homme avisé, il n'avait pas manqué de choisir, parmi ses nombreuses bonnes amies, et d'épouser la meilleure cuisinière. Ils étaient donc fréquentables l'un et l'autre, elle sous le rapport du palais, lui sous le rapport de la langue.

Il parlait en fermant le bon œil et en écarquillant l'œil vair. Il avait pour s'exprimer un grand nombre de formules toutes faites élaborées au cours de sa vie de bon apôtre. Il disait : « Une femme dans son lit, c'est bien joli, mais derrière un fourneau c'est encore plus beau. » En parlant de sa Julie, femme silencieuse et discrète s'il en fut : « C'est prodigieux ce qu'elle a de conversation dans une marinade », ou bien : « Chez nous, les talents sont bien partagés : à la femme le four et le silence, à l'homme la table et le discours, pas de jaloux. »

Ainsi assortis, ils faisaient un beau couple dans leur maisonnette de vignerons, aimant leur travail, l'aimant dans les mauvais jours et ne se résignant pas à arracher les vieux plants pour semer une luzerne. Tout leur avoir était en vignes. Ils achetaient leur lait, les pommes de terre, même les salades, pour livrer toute la terre à la vigne.

Voilà un homme qu'il fait bon entendre parler de la guerre !

« On est amis puis on est ennemis, on se bat pour puis on se bat contre, la haine est aspirante puis elle est refoulante, dit-il, mais votre baïonnette est toujours au service du droit, du beau, du bien ! Le voisin est votre allié, c'est un grand peuple, libre et fier, le lendemain, un mariage ou un traité secret en fait votre ennemi, c'est une race de chiens, une engeance de voleurs, de traîtres. Tout change tout tourne, rien n'est pareil, mais c'est toujours le même enthousiasme qui vous est demandé, le même enthousiasme et la même peau ! »

On admire une telle clairvoyance, on est renversé d'une telle logique buvante et mangeante, on rit en mirant son vin, en le grumant sans précipitation en le roulant entre langue et glotte avant de l'enfourner tout chaud dans un ventre satisfait.

Il reprend :

« J'ai fait celle de quatorze. Si j'ai conservé ma peau, ce n'est pas ma faute, j'ai tout fait (pauvre imbécile) pour la faire percer. Pas de danger que ça me reprenne.

– On ne viendra pas te chercher, non plus, drille et guenille que tu es devenu, nargue le beau-père.

– Et encore serais-je dru et ferme, allant et vaillant, que je resterais brament à cheval sur mes tonneaux, le charfleur en main gauche, le tastevin en main droite, buvant pour ma part et offrant aux autres, quels qu'ils soient, amis ou ennemis, Russes ou Hidalgos, Druses ou Vikings, Ostrogoths ou Wisigoths! Mon vin, que diable, m'est une armure plus noble qu'un fusil, il réjouit et réunit dans une amitié universelle. » Puis donnant un énorme coup de poing sur la table : « Aura-t-on bientôt fini de jouer les matamores et de viser le paradis des braves? »

Il verse à boire, s'attaque à l'aile du canard, bien dégoulinante d'une graisse chaude, et, la bouche encore pleine :

« Je revois ce petit lieutenant de chars, là, au bout du chemin des Suillots. Je le vois, ce pauvre petit, dressé par la tourelle ouverte de son engin et qui voulait écrire sa petite page d'histoire. Ses lorgnettes à la main, tête chenue, il donnait des commandements les cheveux blonds dans le vent. Il est tombé, pendu à sa ferraille comme Guignol par-dessus son théâtre. Pensez-vous qu'on a fait attention à lui? » Il réfléchit : « Et puis, aurait-on fait attention à lui en eût-il été résurgé? »

Il reste un moment sans respirer puis prenant son verre, un peu brusque :

« Allons buvez donc ! Mais vous ne buvez pas, vingt dieux ! » Puis ayant liché : « Soyons modestes, amis, c'est la sagesse ! Visons le paradis des fins buveurs, des joyeux bonshommes, sachons nous contenter de la simple joie de nos tripes et du Paraclet des humbles gourmets ! » Puis s'adressant à moi :

« Garçon, tu es encore en âge de faire un héros et je n'ai pas de conseils à te donner, mais écoute bien ce que je te dis : Quoi qu'il arrive, ne te laisse pas bouffer le bon sens par la bête folle des batailles, ne laisse pas éclipser ta flamme de vie par le grand feu des justes guerres. Des justes guerres, il y en aura toujours. Ils en tiennent un magasin en réserve, de quoi abreuver de gloire tous les fous de toutes les générations, ne te fais donc point de souci. Mais une carcasse comme la tienne, il n'y en a qu'une (il boit), garde-la bien. »

Voilà, toute crue, la provende que nous distribua cet homme-là. Nous étions tous trois remplis d'une bonne chaleur de vie, de bonne chère et de pensées. Par la fenêtre on voyait les vignes blasonnant les hauts coteaux, la Julie s'inquiétait de l'état de notre panse, le chien dormait dans le carré de soleil que dessinait la porte et, entre le fourneau et le lit, caché de longs rideaux rouges, on sentait que se formulait la seule sagesse qui devrait être au monde.

Le lendemain, le Dodu, qui était encore un des amis de mon beau-père, nous invita, dès le matin, à venir « casser la croûte » chez lui. La croûte, en l'occurrence, fut un lièvre, mort étranglé par hasard, un fil de fer au cou, et un pâté de foie joliment troussé de sauce tomate. Sur les quatre heures, on s'aperçut que l'heure de l'autobus était passée, cette fois encore. Mais nous ne pouvions pas ripailler là éternellement, aussi le Dodu attela sa jument à la carriole et nous conduisit à la gare. Comme nous n'avions plus d'argent et qu'il nous fallait quand même rentrer au bercail, nous prîmes le train sans billet.

Le Dodu était là, ne nous quittant pas d'une semelle. Il voulait nous reconduire sur le quai et nous embrassait à tour de bras. Nous ne pouvions pas moins faire que de monter dans un wagon de première classe, afin de jouer notre rôle jusqu'au bout.

D'autres amis étaient venus à la gare, pour leurs affaires sans doute, et ils nous virent, chacun à une portière, en première classe, nous étions donc payés à l'avance de tous les ennuis que pouvait, par la suite, nous valoir notre fraude. Nos responsabilités étaient prises et c'est pleins d'un orgueil sincère et véritable que nous adressâmes à ces braves gens de longs signes d'adieu.

Manger est une habitude. Elle avait été si bien entretenue, au cours de notre séjour, que nous eûmes faim aussitôt que le train eut fait quelques kilomètres. Le Dodu, le Phili et d'autres nous avaient nantis de victuailles et de vin de toutes qualités pour le voyage. Il nous fallut attaquer ces provisions car le temps nous paraissait terriblement long dans cet omnibus.

A la gare suivante monta le contrôleur. Deux bouteilles étaient débouchées et nous mangions chacun une tranche de pâté en croûte. Il manqua s'évanouir, lui qui devait, en bon fonctionnaire, se contenter de ses rations de guerre.

Il s'assit près de nous, but à la régalade, mangea aussi du pâté, puis nous lui abandonnâmes une carcasse de poulet garnie d'une patte, coupée ras les ergots, et d'une aile.

Il est affreux de voir manger goulûment un fonctionnaire en tenue. Il me semble que pour manger dignement il faille se débrailler, quitter le faux col et rejeter la casquette sur l'occiput, faute de quoi les aliments risquent de s'engager dans le mauvais trou. Du moins c'est ce que j'ai appris par expérience. Lorsque je vis notre contrôleur, son demi-poulet en main, mettre la dent sur cette chair délicate sans toutefois quitter les attributs de sa profession, je ne pus m'empêcher de le prier de faire comme nous, de quitter la veste et de se mettre en tenue d'homme libre.

Il refusa tout net. Le beau-père en conçut

une colère violente, sa face se congestionna et nous l'entendîmes hurler qu'il ne voulait pas donner une telle marchandise à un chien de garde de cet acabit, qu'il se croirait déshonoré s'il buvait au même goulot qu'un contrôleur en tenue, étant entendu qu'un contrôleur avait pour mission de contrôler alors que l'on doit boire et manger sans contrôle, qu'il voulait voir l'homme et non la défroque, qu'il se défendait de partager un poulet avec un homme dont on voit le collier, qu'il voulait se refuser de croire que des hommes dont le goût était intact et le gosier libre allassent s'accoutrer de la sorte et qu'enfin il fallait choisir ou la tenue ou le poulet, que s'il choisissait la tenue, il fallait nous dresser procès-verbal immédiatement, attendu que nous n'avions pas même un billet de troisième classe, mais que s'il choisissait le poulet, il fallait quitter cette livrée et tout de suite. J'abondais dans le même sens mais je crus que le vieux allait mourir sur la banquette d'apoplexie. Aussi, avec l'aide du fonctionnaire casquetté et boutonné, j'arrivai à le calmer.

Le contrôleur était faible et sans caractère, mais il avait du bon sens. Il posa la veste près de lui, sortit son couteau et se mit à boire et à manger en telle quantité que le beau-père, en le regardant, disait :

« Je le savais bien qu'on les nourrissait de rogatons, dans ces métiers-là. Mais regarde-le! Ça fait pitié! Aussi, a-t-on idée de s'aller faire distribuer de belles casquettes et de belles vestes plutôt que de s'acheter des coiffures et des nippes comme tout le monde en vivant de son industrie. »

Je crois bien que le contrôleur avait faim. Il mangeait et buvait sans mot dire. Il répondit avec douceur, d'un petit air humble.

« Que voulez-vous, il faut vivre!

– Vivre! hurla le Jérôme, et moi, est-ce que je ne vis pas? Et mon gendre que voilà qui ne tire sa substance que du bois qu'il sculpte et qu'il travaille avec amour, après avoir pensé et imaginé son œuvre!

– Tout le monde ne peut pas sculpter, hasarda l'autre.

– Aussi ne vous demandé-je point de faire œuvre d'art, mais il y a des métiers, sur terre, où l'on vous apprend l'amour d'une matière, la subtilité du coup de marteau, la volupté du coup de lime ou encore la rigueur du sillon, que diable!... »

Il était lancé, impossible de l'arrêter. Nous en prîmes notre parti et l'on entendit, *in extenso*, l'ensemble de la philosophie du bonhomme, depuis son éthique jusqu'à sa mathématique, car chez lui comme chez tous les hommes sensés, tout se tient, tout s'enchaîne et se conjugue, depuis la politique jusqu'à la gastronomie. Il ne nous fit donc grâce de rien, pas même de ses vues sur la valeur des eaux-de-vie, matière qu'il ne manque jamais d'épuiser sans vergogne à chacune de ses interventions oratoires. Il s'enivra de mots, réorganisa le monde, redistribua les biens, meubles et immeubles et fit de chaque citoyen une espèce de baron débonnaire, républicain et libre penseur dont le temps devrait, d'après lui et étant donné les progrès, se partager entre le Métier, les relations de bon voisinage, les gestes généreux à l'égard des déshérités, l'amour et la contemplation de la nature.

Il pérorait, je l'écoutais, le contrôleur buvait.

Tout à coup un gros homme également casquetté entra dans le compartiment en criant :

« Le contrôleur? où est le contrôleur? »

Notre hôte devint livide, dissimula les reliefs de poulet, essuya ses doigts gras sur le drap des banquettes, se leva, tenta de faire disparaître les bouteilles et dit :

« C'est moi, chef!

– C'est vous? dit l'autre en simulant une violente colère. C'est vous? Et vous êtes là, occupé à boire et à manger? C'est bon! Votre compte est bon! Habillez-vous et suivez-moi! Je vais vous apprendre à vous mettre en petite tenue et à boire en service! »

Je compris tout de suite que ce gros homme était un chien de garde supérieur, un mâtin, un berger allemand, alors que notre invité n'était qu'un modeste roquet, et que, l'ayant vu un os à moelle aux dents, il usait de sa supériorité pour le lui faire lâcher et prendre sa place, comme il est d'usage dans ce monde-là. Mais ils partirent tous les deux.

Le spectacle était navrant. Révolté, j'adressai à ce gros homme un discours remarquable sur le caporalisme et j'émis l'idée qu'au lieu de faire tant d'histoires, il eût dû s'asseoir près de son subordonné et participer à la même volaille. Jérôme crut bon, alors, de forger deux ou trois phrases bien senties avec lesquelles il a coutume de me régaler. La bassesse humaine et la mesquinerie des fonctionnaires en firent les frais. Les deux contrôleurs avaient disparu mais comme trois personnes venaient de monter dans notre compartiment, trois personnes très comme il faut, je crus bon de continuer sur ce ton et sur des sujets immédiatement voisins, disant que le caporalisme était la cause des guerres et que, tant qu'il se trouverait des simples d'esprit assez naïfs pour appliquer les règlements, la guerre serait le lot de l'humanité, que la Paix ne viendrait que d'une fraternité consentie librement et que, si l'on dépensait autant d'argent à éduquer la conscience qu'on en gaspille à la tuer pour avoir le plaisir de créer des contrôleurs de tout, l'homme retrouverait sa dignité perdue depuis le plat de lentilles. De là à glisser habilement quelques paroles sur la sottise humaine et son frère aîné l'Orgueil, il n'y avait qu'un pas.

Nos compagnons de voyage nous écoutaient. Mes pointes étaient si vives, mes arguments si cruels, mes ironies si mordantes que je fus persuadé d'avoir fait école et j'en ressentis une véritable jouissance. Le beau-père Jérôme pimentait ma forte sauce de sarcasmes de son cru terriblement épicés et bientôt ce fut merveille de nous entendre étaler au grand jour les plaies suppurantes, les chancres et les fistules de la société. On aurait dit d'un Machiavel vigneron. Rien ne fut épargné et le voyage en parut plus court.

A la façon dont nos voisins se tortillaient, je compris que nos discours n'étaient pas de leur goût; j'en profitai pour outrepasser légèrement mes pensées et, lorsque j'eus daubé sur la Gloire, l'Héroïsme et l'Honneur, l'homme n'y tint plus et m'adressa la parole en termes très choisis que je ne pourrais rapporter. Il exprima son indignation d'entendre de telles paroles sortir de la bouche d'un jeune Français, me fit comprendre qu'il écrasait de tout son mépris des hommes comme nous qui n'avaient aucun sens des responsabilités ni de l'extrême détresse du Pays qu'il fallait sauver. On comprit sans difficulté que l'on avait affaire à un de ces hommes de l'élite qui tiennent pour négligeables tous les appétits et pourchassent sans merci l'égoïsme. En quelques mots, il nous expliqua comment un pays ne pouvait être sauvé que par la mort de tous les individus qui le composent et qu'en attendant cette sublime extrémité chacun devait préférer ne manger que des croûtes, dans l'honneur, plutôt que d'accepter de l'oie dans le déshonneur.

Nous profitâmes de ce sermon pour continuer notre casse-croûte et le beau-père, toujours galant, offrit du pâté, du pain, du beurre aux deux dames. Il en offrit aussi à l'homme et lui coupa, de ce fait, un bel effet de mots. Notre professeur de morale accepta en souriant et se mit à mordre à belles dents en une rôtie bien beurrée et en une tranche de pâté. Ce voyant, les dames tendirent la main en disant :

« Vous croyez que... vraiment...?

– Prenez donc, dit Jérôme, esjouissez votre panse! Carpedieu! »

Lorsqu'ils eurent mangé la première portion, ils déclarèrent qu'ils étaient confus d'avoir accepté ces marchandises très rares.

« Il est trop tard pour vous repentir, dit le beau-père, il vous fallait être pris de remords avant. Voilà bien les gens de l'élite! Maintenant que vous avez pris et mangé, vous vous sentez confus et vous pensez nous avoir privés. Il est trop tard, vous dis-je, et puisque vous avez si bien commencé, continuez donc en me dégustant cette saucisse de porc. »

J'eus l'espoir qu'ainsi fouaillés et malmenés en leur honneur, ces dignes personnages allaient repousser dédaigneusement cette saucisse et ce pain blanc que leur tendait le beau-père, mais cet espoir fut déçu, ils acceptèrent sans vergogne. J'en déduisis que l'honneur de ces gens-là était aussi haut que le nôtre était bas et qu'ainsi nos deux honneurs se trouvaient réunis dans la même et superbe indifférence.

Ils firent un sort à nos victuailles et nous demandèrent s'il nous était possible de leur procurer de ces produits.

« Certainement, répondit le beau-père triomphant, mais je dois vous dire que ces marchandises sont assez coûteuses, en raison de leur rareté et des risques que l'on court à en faire le trafic!

– Je ne regarde pas au prix », répondit l'autre, et c'est à ce signe que je fus convaincu que cet homme-là était un homme d'honneur.

Chapitre 13

Il est à croire que le Dieu tutélaire m'a pris en particulière amitié. En effet, à peine m'a-t-il abreuvé, gavé d'un de ses bienfaits, qu'il m'en envoie précipitamment un autre, par crainte, sans doute, que je ne perde ma belle humeur.

A peine ai-je le temps de respirer! Je suis encore sous l'influence de ces bons repas, la peau du ventre bien tendue, l'esprit en joie, la langue alerte et l'œil brillant, bien émoustillé par ces fêtes intérieures que me donnent ma panse et mon esprit, la lassitude n'a pas encore fait son apparition que déjà je vois poindre d'autres réjouissances proches qui fondent sur moi à l'allure du train qui m'emporte vers ma maison.

Ne vois-je point venir à moi, pendant que je jase, la bouteille à la main, les cent clochers de ma capitale, blottis dans leur cuvette et qui m'accueillent gentiment? N'ai-je pas, quelque part dans ces montagnes qui s'étagent, parées de vignes et de bois, une petite bicoque, pleine de vie et de sourires, qui m'attend? Ne vais-je pas, dans un instant, sentir des museaux poisseux pourlicher ma rugueuse face et des voix d'argent, des voix comme doivent en avoir chérubins et séraphins, entrer en moi par le truchement de mes deux oreilles?

Ah! oui, en vérité, celui qui tourne la maîtresse manivelle de ce monde et qui nous saupoudre à sa guise de ses grâces ou de ses colères, celui-là doit avoir peur de voir le Glaude Bourguignon perdre son rire. Il ne s'est pas contenté de m'offrir ces huit bonnes journées de ribotes en compagnie d'une espèce de philosophe, le voilà maintenant qui promène devant mes yeux la plus belle ville du monde, avec ses toits vernis, quadrillés de rouge et de jaune, ses tours et ses dômes, ses églises et ses beffrois, ses vieux logis qu'on sent bourrés à craquer, de gros rires et de mordante verve.

Jamais Dijon, ma capitale, je ne t'ai revue sans penser aux joies truculentes, quoique intimes, aux richesses de victuailles, aux trésors d'esprit que tes maisons renferment. On te sent si jalouse de ton bien-être, si égoïste et si joviale, si bonasse et si dédaigneuse de tout, sauf de tes aises, qu'on ne peut se défendre de t'admirer.

Tu parais un peu ridicule, comme une vieille folle qui tire vanité de ses bijoux, de ses maisons, de ses grandes salles riches en merveilles, tu es bourgeoise, ô ma vieille ville, et tu te nippes fièrement de tes merveilleux oripeaux, tu dis « Je suis de vieille noblesse », et comme les gens de vieille noblesse, tu rabâches et tu jouis âprement de ta cave et de ton cellier, les mains jointes sur ton ventre satisfait, après richement boire et manger, assise dans ton fauteuil armorié, tu regardes saoule de fin plaisir les hautes œuvres de tes artisans et de tes artistes, et tu dis, comme moi : « Est-il possible que des vilains se plaignent de la vie ? Me plains-je moi ? »

Ceux qui ne te connaissent pas disent : « Quel égoïsme ! » Mais ceux qui ont connu tes misères (tu en eus comme les autres, des épidémies, des guerres, des pillages !), ceux-là disent « Quelle sagesse ! » car ce qui est rare, en ce bas monde, c'est plus l'homme satisfait que l'homme malmené.

Ainsi, ô ville insolente dont jamais malheur n'a pu dompter le rire ou la satire, te voilà, défilant devant mes yeux, plus dorée, plus opulente, plus méprisante, plus sensuelle, plus gouaillante, plus fière, plus attirante que jamais, étendue nonchalamment, semblant oisive, au pied de la colline où le soleil mûrit les meilleurs vins du monde.

Veux-tu, Dijon, que je te dise, tu ressembles au père Jérôme en personne et votre commun secret, pour vivre heureux et rendre tout heureux autour de vous, c'est de croire en la vie, et d'en user, d'en abuser cyniquement, comme les saints en somme, d'une autre manière peut-être, mais avec le même souci de plénitude.

Ce couplet chanté en l'honneur de mes clochers, je pense à mes trois marmots et à l'épouse, dont je devine l'agitation. Je vois le charivari qui doit régner dans la cuisine où le fourneau ronfle, où les gamins se drapent dans des drilles de toutes les couleurs et défilent pompeusement, où la femme, chère et tendre matrone, fait de savantes mixtures, dans les casséroles, désireuse d'accueillir son seigneur avec un maximum de fastes. Et à ces pensées, les tripes m'en tournent.

J'attends le moment où je vais entrer dans mon domaine, me sentir happé par toutes les petites menottes et entravé par trois gnomes jusqu'à en trébucher, en tomber, rouler par terre, parmi eux, vaincu, piétiné, pétri, écrasé, brisé, moulu, ligoté, paralysé, léché, mordu, mortifié, tous, jusqu'au chien, hurleront de triomphe, comme des sauvages, ivres de brutalité, de carnage, de rire et de bruit.

Alors, ayant sacrifié à mes monstres goulus et griffus, je me vois prendre ma femme près de moi, en quelque coin un peu sombre, loin des petiots, je me sens ceinturé de ses beaux bras dorés et j'entends déjà sa voix si brûlante répondre à la mienne en un grave et mélodieux murmure, je sens son haleine déjà sur ma peau et j'en ai des frémissements. Elle me dit :

« Te voilà ! Comme tu as été longtemps parti ! Comme le temps m'a paru long ! Comme j'étais seule le jour, la nuit, à table, en notre lit trop grand que je ne pouvais réchauffer ! »

Puis j'attends avec impatience le psaume, alterné, de nos versets d'amour, entonné il y a onze ans, alors que, garnements batifolants, nous courions dans les vignes, déjà promis, déjà liés indéfectiblement par nos serments et notre ardeur, avides de voir se lever le beau jour du mariage.

Je la sens contre moi pressée, à moi incorporée, détruite, annulée par son désir de disparaître en moi et avec moi ne faire qu'une seule et même chair, comme le recommande notre sainte mère l'Église.

C'est dans ces dispositions d'esprit que je prends la route qui conduit à mon haut village, perché au-dessus des brumes dijonnaises. J'en perds la parole, moi si bavard, j'en perds le rire, j'en perds la faconde, il ne me reste qu'une joie grave, une joie qui ne se chante pas ni ne se proclame, la joie de mes sens les plus purs, les plus troublants, et d'abord ce sens paternel qui m'est monté à la gorge et m'y tient serré depuis que j'ai rencontré la Femme.

Je monte le raidillon.

Ma maison m'appelle par la couleur

fraîche de son pignon et les yeux ouverts de ses fenêtres.

J'arrive. Quels bons moments vais-je passer!

Mais par-dessus le mur de pierres sèches, n'entends-je pas des voix intruses? Quel est ce bruit? Quel est ce concert?

Voici le portail, le jardinet, le courtil. Mais quelle est cette assemblée-là?

J'entre.

La maison est envahie, mes parents viennent d'arriver. Il y a là ma mère, mon père et les deux vieux, mon grand-père et ma grand-mère qui tiennent mes deux derniers sur leurs genoux, sans souci des deux générations qui les séparent. Mais ce n'est pas tout. Ma femme tient tête à trois ou quatre étrangers. Je m'approche.

Ce sont de mes clients qui viennent me tarabuster. Je les connais. J'entends leurs voix. Ce ne sont pas de bons clients. Car un bon client c'est d'abord un homme intelligent et qui sait, en me confiant du travail, que je ne puis œuvrer d'une façon régulière, qu'il ne faut attendre de moi que du travail passionné. Ainsi patientent-ils gentiment que je leur porte leur commande; mais ceux-là sont de ces gens pressés qui s'imaginent qu'un artisan doit leur fournir à date fixe et sans faillir une œuvre sans vie et sans amour.

Voici le premier. Il m'a vu et se porte au-devant de moi. Il crie, il menace, il exige. J'ai beau lui expliquer qu'étant absent je n'ai pu travailler pour lui, les autres font chorus.

« Ce qu'on vous reproche, c'est d'être parti en goguette alors que notre commande languissait sur l'établi. Vous manquez de raison, vous en prenez à votre aise. » Puis il ajoute : « Ferez-vous la console que je vous ai commandée ?

– Revenez dans cinq jours, lui dis-je, elle sera faite ! »

Et le plus fort c'est que j'ai dit vrai. Cet homme, venu le dernier, sera le premier servi.

Je ne suis pas au bout de mon rôle. On me prépare une scène autrement pénible à la maison.

J'entre dans la cuisine où mes neuf convives, les plus chers, sont assis en rond ; mes parents sont graves et amers.

« Est-ce ainsi que tu reçois tes clients ? me demande ma mère.

– Des clients, ça ? Des péteux ! Qu'ils aillent se faire pendre à la grande fabrique !

– Des gens qui te donnent du pain, cependant, dit ma mère.

– L'homme ne vit pas seulement de pain, ô sainte femme ! »

C'en est fait, la scène commence. Mon insolence n'a d'égale que mon inconscience. Je quitte le travail pour m'en aller riboter dans je ne sais quel milieu! Je renvoie les bons clients avec ma manie de dauber et de pérorer, je perds ma réputation, je condamne mes enfants à la faim et au déshonneur, je me prends à ma propre éloquence et on m'enterrera, ruiné et perdu!

C'en est fait, le sac est percé, il faudra qu'il se vide pendant que ma femme met le nez dans ses casseroles et que mon vieux grand-père rigole. Il rit et, de ce fait, c'est lui qui devient responsable de tout. On lui dit :

« Bien sûr, tu ris, toi! Tu le soutiens! Voilà pourquoi on n'a jamais pu l'élever, il a toujours raison! »

La langue commence à me démanger :

« Las, dis-je, moi qui croyais qu'on allait se sauter au cou et s'embrasser à pleines joues! Encore une illusion qui s'en va!

– Ricane, plaisante! On ne te mettra donc jamais à la raison? »

Et le concert recommence, dont ma mère est le chef d'orchestre. Ma brave mère est une de ces femmes gâtées par les bonnes sœurs, qui mettent toujours, entre la joie de jouir et elles, un épais rideau dont la raison est la trame et l'hypocondrie la chaîne. On se réjouit de lui plaire, on aspire à se faire aimer d'elle car elle est belle et aimable, mais, avant que vous n'arriviez dans ses bras, elle a eu tout le temps de vous dire que votre soulier est sale, que votre culotte est mal repassée et que votre chemise va avoir sous peu un accroc, aussi vous n'embrassez qu'une joue sèche et une lèvre pincée. Le charme est rompu. Si vous vous en plaignez, on vous dit que c'est pour votre bien et qu'on n'a qu'un souci : vous être agréable et utile et à la moindre riposte les digues de la bonté se rompent et vous voilà submergé de sermons, de morale, d'exemples, entrecoupés de soupirs, de regrets, d'allusions peu flatteuses, de sourires condescendants, de regards de pitié, parfois de larmoyants remords.

Mon père oppose à tout cela un silence lourd et immobile contre lequel se heurtent ces diluviennes faveurs; ma grand-mère, être doux et humble qui a calqué sa vie sur celle des saintes de son missel, se tait, mais le grand-père regimbe et continue la petite guerre qui fait, de leur vie commune, une épopée plutôt qu'une idylle. Pour moi je me jette avec délices dans ces discussions d'où je sors triomphant car l'adversaire n'apporte que des arguments de nonnes tirés de « la Petite Imitation » où le vice et la vertu en deux camps bien distincts se livrent une lutte séculaire.

Voilà maintenant ma mère qui caresse, avec une tendresse évidente, la tête de mes enfants. Pauvres innocents martyrs! Pauvres petits êtres, victimes d'un père dénaturé!

Devant cette tactique et suivant l'heure ou l'état de mon estomac, j'enfourche ma dialectique de combat ou bien je plaisante. Aujourd'hui, il me plaît de railler. C'est heureux car je ne ferais grâce à personne de mes vues sur la philosophie et je m'entendrais traité par ma famille de fou, de révolutionnaire, voire même de damné.

Le beau-père, qui n'a encore rien dit et qui sent le reproche m'atteindre pour rebondir sur lui, vient à mon secours avec un bataillon d'anecdotes, madrigaux, fariboles et calembours qui s'efforceront de faire sourire, en la désarmant, la Sainte Cohorte. On sourit en effet mais d'une lèvre pincée, nous ne sommes que deux à prendre quelque plaisir à ce repas que j'imaginais si parfait. On n'entend que notre voix, que nos éclats. De temps en temps seulement la raison parle pour dire à un des marmots :

« Laisse ton nez!... Tes mains sur la table! » C'est que, mes chers enfants, la vie est dure! Il faut éviter ceci, ne pas oublier cela, se tracer une ligne de conduite, dès son plus jeune âge, et n'en dévier qu'après avoir demandé l'autorisation à son directeur de conscience. Surtout, ô surtout! ne pas se laisser aller au dérèglement des sens. Le dérèglement! Mot formidable qui surgit de mon enfance comme un monstre mystérieux. J'en ai encore des frissons sur l'échine! Nous voilà donc en pleine homélie, le soleil devient terne, les murs sont gris, le vin amer, la lumière froide, le canard insipide, les enfants insupportables, la vie pesante, oh! pesante!

Derrière les enfants qui n'y comprennent rien, nous sommes visés, nous deux Jérôme. On insiste, profitant de notre silence. Nous baissons la tête, c'est le châtiment qui commence. L'enfer s'est entrouvert et nous envoie, par avance, des bouffées de son haleine pestilentielle, pendant que de l'autre côté de la table la tribu des Élus mastique la chair délicieuse de ma propre basse-cour.

Le repas est expédié, la séance est levée. Justice est faite. Alors, pendant que tout ce monde s'occupe à divers travaux, ma femme me cligne de l'œil en souriant à sa façon. Puis elle disparaît. Je la suis sans en avoir l'air. Elle m'attend dans la pièce voisine, m'attire près d'elle, s'enlace de mes deux bras confus en me disant :

« Que je t'embrasse comme il faut! »

En effet, tous ces gens nous ont perdu la joie de la retrouvaille.

« Aimes-tu donc encore ton voyou, ton déréglé de mari? » dis-je en hésitant. Pour me répondre elle me donne le baiser qu'il faut pour que je retrouve, d'un coup, le Paradis que j'avais perdu. Je ne peux sentir son étreinte sans revivre toutes les joies et toutes les émotions de notre jeune amour. Il en sera ainsi jusqu'à nos derniers baisers et je n'échapperai à ces souvenirs que lorsque la camarde m'aura raidi, et encore n'en suis-je pas sûr!

Je raconterais bien la façon dont notre amour a commencé ou bien comment au retour d'Afrique, en plein cœur de février, j'ai dû me rapprocher d'une chaude petite caille bourguignonne pour réussir à tenir tête au froid, dont je m'étais désaccoutumé.

Ce sont là des histoires dignes d'être couchées sur le papier et il me paraît que rares sont les gens qui ont d'aussi riches souvenirs et de passé aussi relevé, mais pour moi, le Passé, c'est comme la mort, quelque chose de si lointain que le temps pris pour y penser est un déchet, une perte, tant irréparable que le Présent s'en trouve lésé, volé, dépouillé, et qu'il réclame ardemment son dû. Et je n'aime pas entendre celui-là se plaindre, car le Présent, c'est notre maître, souverain seigneur de toute chose, c'est en tout cas mon patron chéri que je veux servir exclusivement. Le Passé? Voilà un petit vieillard quinteux et impuissant, vidé de son sperme et de son souffle, qui, parce qu'il a eu son temps de verdeur, prétend qu'on le serve encore! Et non pas qu'on le serve gentiment, par sentiment, mais qu'on se morfonde, qu'on se ronge, qu'on se perde, qu'on se tue, qu'on s'entretue pour lui par principe! Un gâteux qui radote et déforme à plaisir, en son antre puant, ce qui lui reste de mémoire, boursoufle ses succès évanouis, édulcore ses chienneries et voudrait mobiliser tout le monde pour continuer ses erreurs! Un sadique qui prendrait volontiers plaisir à ce que mon sang pisse par mille plaies inutiles pour que soient sauvées ses chimères et honorées ses idoles! Un monstre cacochyme qui souffle aux âmes sensibles les nobles idées de vengeance et d'inimitié héréditaire! Un serpent qui se mange la queue!

Voilà ce que c'est que le Passé et m'est avis que ceux qui lui rendent un culte devraient être châtrés, comme lui.

Parlez-moi du Présent, le présent doré, le présent ensoleillé qui a la figure d'aujourd'hui et la mine du temps qu'il fait, qui a la saveur du lard qu'on mange, le bouquet du vin qu'on boit, en ce même jour et la santé de la femme qu'on aime. Voilà un fameux luron pour qui le passé n'est que cette crotte, expurgée au petit matin derrière une haie et laissée aux bousiers, cafards, cancrelats et autres monstres noirs et cornus, dont c'est l'habituelle nourriture. Ainsi délesté de ce qui le réjouit hier, il se sent léger et part, chaque jour, à la conquête du monde. Lorsque vient le soir, il ne reconnaît pas ce qu'il a fait le matin. Aussi le voit-on éternellement jeune, œuvrant, créant pour la joie d'agir.

Voilà pourquoi je l'aime et le sers et si tous les monuments du souvenir de ci ou de la mémoire de ça sont si laids en Bourgogne, c'est que tous les Bourguignons sont comme moi. Qu'on nous donne à imager le jour que l'on vit ou la peine que l'on prend, et vous voyez sortir de pierre des merveilles. Mais, hélas, le temps nous en manque car nous n'avons pas trop de ciseaux ni de râpes pour commémorer les dernières batailles et couvrir de palmes les charniers tout frais.

Voilà que je pérore et m'excite. Jusqu'où peut me conduire un baiser de ma brune! Que de matières en la vie qui coule, que de sujets de méditation!

Ainsi, de rires en rêves, de joies en peines, nous sommes au terme de la journée. La nuit est maintenant tombée. C'est l'heure où les gamins mettent, en riant, leurs longues chemises. Ils se suivent et montent l'escalier qui conduit à la chambre haute. Moi, du bas, je regarde ces trois guignols dont je vois, par en dessous, les fesses roses, et cette viande fraîche et franche m'attire. Je les rattrape, une main remonte jusqu'à leurs petits derrières où j'aime tapoter. Leur peau est douce, sous laquelle je sens jouer les nerfs et les tendons. Ma main passe et repasse sur ces corps nus. Les petits s'imaginent que c'est par jeu. Mais moi je sais bien que c'est une manière de faire, sensuellement, à la fois ma prière et mon action de grâces.

HENRI VINCENOT,
sculpteur-imagier
Les Buissonnets, TALANT, *1942.*

DU MÊME AUTEUR

Aux Éditions Denoël

JE FUS UN SAINT.
LA PIE SAOULE.
LES CHEVALIERS DU CHAUDRON *(Prix Chatrian).*
LA PRINCESSE DU RAIL *(Feuilleton télévisé).*
WALTER CE BOCHE, MON AMI.
A REBROUSSE-POIL.
LES YEUX EN FACE DES TROUS.
LE PAPE DES ESCARGOTS *(Prix Olivier de Serres).*
LE SANG DE L'ATLAS *(Prix Franco-Belge).*
LA BILLEBAUDE *(Prix Rabelais – Prix Tony Burnand – Prix Franco-Luxembourg).*
LES ÉTOILES DE COMPOSTELLE.
LES VOYAGES DU PROFESSEUR LORGNON I et II.
LOCOGRAPHIE.
L'AGE DU CHEMIN DE FER.
L'ŒUVRE DE CHAIR.
LE MAÎTRE DES ABEILLES.
LE LIVRE DE RAISON DE GLAUDE BOURGUIGNON.

Aux Éditions NM

LE PROFESSEUR LORGNON PREND LE TRAIN.

Aux Éditions Hachette

LA VIE QUOTIDIENNE DANS LES CHEMINS DE FER AU XIXe SIÈCLE *(Bourse Goncourt et Prix de la Revue indépendante).*
LA VIE QUOTIDIENNE DES PAYSANS BOURGUIGNONS AU TEMPS DE LAMARTINE *(Prix Lamartine).*
LES MÉMOIRES D'UN ENFANT DU RAIL.

Aux Éditions Nathan

LE CHEF DE GARE.
LE BOULANGER.

Impression Brodard et Taupin
à La Flèche (Sarthe),
le 24 octobre 1990.
Dépôt légal : octobre 1990.
Numéro d'imprimeur : 1801D-5.

ISBN 2-07-038303-2 / Imprimé en France.
(Précédemment publié aux Éditions Denoël
ISBN 2-207-23576-9).